彭歌著

回春詞

三民書局印行

中華民國六十一年五月初版

回春詞

[redacted]

著作者 彭 歌
出版者 三民書局有限公司
發行所 三民書局有限公司
臺北市重慶南路一段七十七號
電話：三三五九六九・三六三三三二
印刷所 中臺印刷廠
臺中市公園路三十七號

內政部出版登記證內版臺業字第六六〇號

三民文庫編刊序言

書是知識的滙集，知識是人人必備的，因而書是人人必讀的；我們出版界的責任，就是要提供好書，供應廣大的需要。不但在內容上要提高書的水準，同時在價格上也要適合一般的購買力，至於外觀求其精美，當然更是印刷進步的今日應該做得到的。

知識是多方面的，社會科學、自然科學的知識，文學、藝術、哲學，歷史的知識，莫不爲人所必需，推而至於山川人物的記載，個人經歷的回憶，也都包括在知識的範圍以內；這樣廣博知識的滙集，就是我們所要出版的三民文庫陸續提供的讀物。

在歐美日本等國，這種文庫形式的出版物，有悠久的歷史及豐富的收穫，人人愛讀，家家傳誦，極爲我們所欣羡。近年來我國的出版界，在這方面亦已有良好的開始；我們願意站在共求文化進步的立場並肩努力，貢獻我們微薄的力量，參加栽種的行列。我們希望得到作家的支持，讀者的愛護，同業的協作。

中華民國五十五年雙十節

三民書局編輯委員會謹識

前記

「回春詞」是我在聯合報上「三三艸」專欄結集的第七本。前面六集是「書中滋味」、「青年的心聲」、「取者和予者」、「視善集」、「筆之會」、和「書的光華」，亦皆由三民書局出版。

這一集與過去的六集，體裁旨趣，頗有不同。不同的原因是，當集中各文落筆之時，正當所謂「尼克森颱風」吹襲的前後，中華民國的盟邦，過去以反共而聞名的一位政治家，竟然改弦易轍，對北平共匪大送秋波；繼之是中華民國退出了聯合國。當然，這些演變應說是「冰凍三尺，非一日之寒。」但我們當此拂逆之來，中心鬱結憂憤，確有難以排遣的不平之感。所以，這本集子中大都是不平之鳴。

然而，有志氣的人在此逆流洶湧之際，怨天尤人，亦何所補？因而，我也討論了當前的文化問題，人才問題，以及知識界應有的努力諸問題。其中有許多篇仍是從書上談起，此則三三艸之一貫精神，朋友們似未可完全以「書生空議論」而見笑。

「萬象回春」是自然的節序；但是，當此驚濤駭浪、波瀾疊起之時，「回春」不能只談萬象轉化，而需各方抱奇負節的妙手，提供更好的貢獻，痛下更大的決心，在橫逆困阻之中，打開一條出路。「回春詞」的用心在此。

彭　歌

中華民國六十一年三月

目錄

回春詞

今天是中華民國六十一年元旦，新年新歲，理應有一番善頌善禱之詞，但是，回顧去年一年之間國際上發生的種種變局，以及國家所面臨的種種困難，「一日今年始，一年前事空」，我實在無心用慣常的「萬象回春」之類的話頭，來作爲一年開始的題目。是否眞的能够「回春」，不能只俟萬象變化，而更需期待各方的妙手；所謂操之在我，是需要我們每一個人提供更好的貢獻，痛下更大的決心。

民國六十一年看來將是一個「政治年」。國民大會與國民黨的三中全會不久都將分別集會，第五任　總統與副總統行將選出，此後除舊布新，必有一番重大的興革。原定今年內舉行的臺灣省五種地方選擧，都經行政院核定延期擧行；理由是「配合國家重大改革」。這是政府對國民的號召，啓肇新機，端看今朝。市井傳聞，今後的改革可能是在充實中央民意機構，和精簡行政機關上著手，大量延攬才俊，吸引新血，滙集人才，再造中興。這是國民的期望，也是重大改革中應有之義。

然而，機構的精簡，人事的代謝，畢竟祇是看得見的一面。更重要的是精神的改造，方法的革新。精神與方法如果仍是蹈襲故常，則雖有新人，亦未必能行新政，更不必說鼓盪風雲，造成時勢。

今日所需要的精神，一言以蔽之，誠實而已。開誠心，布公道，則一切不同的意見都可以融滙在愛國救國的洪流之中，激盪鼓舞，形成一致的力量。在朝者固然應該虛懷若谷，拜納嘉言；在野者更需要端識大體，共體時艱，不能以不切實際的放言高論，譁衆取寵，逞快於口舌筆墨之間，國家處境如此，我們每一個人都要有「忍辱負重」的氣度與「團結救國」的抱負。

民間期望於當局者，是以行動代替言詞。去年一年間，報章上發表的方案、計劃、決議爲數不少；有些青年朋友把舊報紙翻出來，發現其中有許多意見與構想，十年二十年之前已經說過。想是想到，說也說過，就是沒有徹底去做，「意到筆不到」，不足以振作人心。

所以，當此歲首之日，祝望朝野各方都要發揮「以忠誠爲天下倡」的精神，踐履篤實，說到做到，拋棄文章政治的舊套，以工作的成績與事實來與天下共見。方案、計劃、決議誠然重要，但以眼前的情勢，皆不足以滿足民間的願望。與民更始，要從今天做起。

六十一年一月一日

面對現實

今天，我們最困難的問題是甚麼？我覺得既不是國際間的姑息氣氛，也不是敵人的詭謀詐術，而是我們自己加緊改革的深度、廣度，和速度。換言之，面臨挑戰，我們的反應如何。我們需要面對現實，認識現實，掌握現實，從現實的根基上紮紮實實去努力，以開創光明的前途。

前些日子，吳大猷先生發表「讀報有感」一文（載於六十年十二月廿二日聯合副刊），這是一篇語重心長的文章。他所批評的是國內報紙報導的內容，有若干話亦是檢討當前的政風。吳先生是當代學人，也是國家科學發展委員會主任委員，具有公職人員的身分。他所提出的意見，我並不完全同意，一個新聞記者與一個物理學家，對某些問題會有若干不同的看法，我把它歸之爲君子和而不同。但吳先生立言的動機與態度，我願表示敬佩。意誠而辭修，吳先生有之。

吳先生的文章中有一段話說：「許多事，如果把眞實情形公之於世，便可以免除人們的猜疑和失望的，偏偏認爲機密。許多空洞或不確的事，却往往誇大報導。」

他極不贊成「把國民當作毫無常識的人。」他對新聞界發出忠告：「凡不登載不應、或者不能隱藏的事實，或登載不確實的報導，結果是使人對整個報導系統失去信心。」這話說得相當之重。

在民主憲政體制之下，新聞自由是基本人權的要素之一。新聞自由並非無限，而須與社會責任相對待；無論從自由的立場而言，或從責任的立場而言，新聞報導應力求公正、完整、確實、迅速。進一步說，國家與社會之所以要保障自由，珍視自由，並非賦予新聞記者以特權，而正是要課之以責任，要他能充分地報導事實的眞相。新聞記者「有聞必錄」，是不可能的，也是不必要的。但在取捨之間，必當恰如分際。凡是「不應」隱藏和「不能」隱藏的事實，報紙未能報導，如係無意，便是疏忽；如係有意，便是低估了讀者求實、求新的願望與能力。二者有一，皆是失職。如因此而使人「對整個報導系統失去信心」，則是新聞界的不幸，且終非國家之福。

國家今日處境艱難，人人皆知。國防外交的機密，涉及國家重大利害之事，自當愼重。但大家應知，新聞界與政府中人同樣有責任，讓國民更充分地瞭解現實，然後才更能激揚面對現實的警覺與勇氣，拿出衝破難局的切實辦法來。

六十一年一月二日

堅百忍以圖成

今天是中華民國六十年元旦。這是每一個中國人的大日子，我們以身爲中華民國一份子而感到光榮。就個人的生命而言，六十年光陰幾乎等於人的一生；但就國家歷史而言，六十年不過是數千年長程中的一步。但是，中華由帝制而共和，成爲東亞第一個民主國家，這是歷史上繼往開來、關係重大的一步。個人的命運與國族的歷史結合爲一，所以我們對於民國六十年的元旦特別感到鼓舞與興奮。

在鼓舞與興奮之餘，我們又懷有一種謹慎戒懼的心情。爲甚麼？因爲我們的大陸河山依然被關禁在鐵幕之中，我們的億萬同胞依然呻吟在共匪的暴政之下。敵人的武裝爪牙，距我們不過百里；敵人的「笑臉外交」，更已在國際間搧起了一陣姑息妥協的陰風。回顧既往，瞻念來茲，我們必勝的信念愈益堅定，但却絕不是高枕無憂。

在抗日戰爭中成長的一代中年人，應都記得當時的經過。民國三十三年，是決定抗日戰爭最後勝敗關鍵的一年。是年一月，毛匪澤東提出所謂「聯合政府」的口號，要以僞裝「民主」的手段來篡奪政權。共匪同時對美國朝野大肆宣傳，形成猛烈的政治攻勢。而在抗日戰場上，日寇又咄咄進逼，俄帝在背後干擾，盟國則心存觀望。而我國內經濟財政亦有嚴重危機，一時彷彿有「四面楚歌，朝不保夕」之勢。

是年二月二十七日，總統在日記中寫下一段極重要的話——

「時間爲歷史創造之母，憂樂成敗，皆有限期，皆能過去。余近來憂患，內外夾擊，可謂甚矣。然而較之往昔之危急艱難，則微乎其微；外交之親疏與得失，皆不能一成不變，今日之所失，或卽爲將來所得之基。因而愛惡離合，不在情感，而在勢力，只要時間延長，實力在握，則國際運用，皆在掌握，歡憂愛惡，皆可由我也。」

總統的堅忍卓絕，乃是中華民族傳統精神的人格化。民國三十三年是抗戰形勢最艱苦的一年，但也是最後勝利最接近的一年。總統曾剴切訓勉同胞，今後反共復國大業，人人有責，要大家「持堅定之志，策周密之計，備不測之變，進而作最惡之戰。唯有這樣警戒惕勵，刻苦耐勞，方能堅此百忍終底於成。」我們重溫前史，益堅信念，勝利到臨的前夕，也正是我們特別要惕勵奮發的時刻。新年伊始，謹以「堅忍」一念與讀者共勉。

六十年一月二日

年開明日長

今天是中華民國六十年的最後一天。回顧過去這一年間，可以說是驚濤駭浪，波瀾叠起。每一個中國人都經歷了極不平凡的激變，有一種說不盡的蒼涼悲壯的情懷。

歲暮之時，不覺有一些讀詩的願望。詩，應是語言的精萃，感情的結晶。我不敢說所有的前代之詩都是過了時的語言，有時候，從千百年前詩人吟詠的字裏行間，亦可以得到心神相通之妙。

像高適的「除夜」絕句，「旅館寒燈獨不眠，客心何事轉悽然，故鄉今夜思千里，霜鬢明朝又一年。」對於中年以上的現代人，仍然有一種親切之感。或謂，現代人是「無根」的一代，悽然而憂者，絕不止是旅館寒燈，空間的睽隔，時間的蹉跎，到了一年將盡之時，不免心驚，這是一種蕭索淡遠的意境。「故鄉今夜思千里」，實乃極樸素的白描。

王諲的一首也以「除夜」爲題，「今歲今宵盡，明年明日催，寒隨一夜去，春逐五更來。氣色空中改，容顏暗裏迴。風光人不覺，已著後園梅。」詩人的閒適恬淡的風格，默然中有物我相融，天人合一之意，彷彿是人生萬事，無喜亦無哀。祇是在並無後園梅花可賞的我輩，這樣悠閒的心情是難得有的。

唐太宗李世民的「守歲詩」，別有一番富貴堂皇的氣象，或者身爲帝王，自然便需是如此口角。「歲陰窮暮紀，獻節啓新芳，多盡今宵促，年開明日長。冰銷出鏡水，梅散入風香，對此終歡宴，傾壺待曙光。」說一句煞風景的話，歡宴傾壺，以待曙光，縱使得免違背「厲行節約」之譏，其奈與此時的心情頗有不合。但我還是喜歡「年開明日長」那樣的話。其中包括著對於未來的憧憬與追求，因而讀起來有一股積極而肯定的感受。

在找到的近十首以除夜爲題材的詩裏面，最令我動心的還是蘇東坡「除夜野宿常州城外」的第二首，「南來三見歲云徂，直恐終身走道途。老去怕看新曆日，退歸擬學舊桃符。煙花已作青春意，霜雪偏尋病客鬢。但把窮愁博長健，不辭最後飲屠蘇。」東坡的詩，不僅是客心悽然，不僅是望梅自忘，也更未嘗歡宴傾壺，他是深深閱歷了人世滄桑之後，而猶能以元氣淋漓的入世的態度，面對一切人生中的憂患，勇敢地接受挑戰。

作爲一個「直恐終身走道途」的南來之客，願與朋友們以心强身健相祝福。我們所需要的，正是這種豪邁而豁達的氣概，這種周旋到底的心情。

六十年十二月卅一日

尼克森颱風

對於我們住在臺灣的人來說，颱風是令人不喜歡的；當風急雨驟之時，無論事前如何防備，總難免會遭受若干的災害。但是，天下事利害恆相半，颱風不來，盛夏無雨，且不說限電節水，單是每天三十七度以上的這股熱勁兒，就令人有吃不消之感。於是而「望風懷想」，能够小小的來一陣颱風，未始不是可人之事。

對於中華民國來說，任何友邦要與共匪來往，我們都是堅決反對的。像美國總統尼克森很戲劇性地宣布，他要在明年五月之前前往大陸匪區這樣的事，也彷彿是一次颱風警報。這件事對我們當然會有很多不良的後果，不必諱言。但是，如果就把它看成一場颱風，也未始沒有好處。殷憂啓聖，多難興邦，中國人幾千年歷史文化所孕育的堅忍精神，現在再一次面臨挑戰——而這一回的難題，是出自朋友與敵人的合謀。這一陣風，要考驗我們「防颱」的準備如何，更要試探我們的「挺」勁，看看我們堅持原則的戰鬥精神究竟强到甚麼程度。

從民國三十八年的風雨飄搖，到今天的愼固安重，這是千百萬人辛勤努力的結果。但是，確保臺澎金馬，並使之繁榮進步，只是中華民國整個任務中的第一步。這樣的小康之局，是我們不能够，也不應該就此自滿自豪的。不幸的是「暖風遊人」的心情隨著經濟成長率而日增月盛了。馬山最前哨與敵人相距不過兩千公尺，在後方，有些人的心理去「臥薪嘗膽」十萬八千里。這一陣「尼克森颱風」吹來，使我們大家從以往的自我陶醉中醒轉，知恥亦復知病——這一恥，是應該寒天飲冷水，點點記心頭的。

第一個考驗的，要看我們是否眞正能由此更下決心，莊敬自强。莊敬也者，是抱著嚴肅悲壯的心情，不怨天，不尤人，完全靠自己「挺」得住。第二個考驗的，要看我們是否眞正能愼謀能斷，處變不驚。莊敬自强是根本，處變不驚是運用。把握住了大經大法，怕甚麼一時的波瀾。

無論颱風來不來，我們應有防颱的準備；眞的來時，我們也有承當的勇氣和復建的決心。颱風呼嘯而來，誠然可怕，但根據多年來的經驗，「飄風不終日」，風後整建只有比原來更好。對於「尼克森颱風」我亦作如是觀，我們卓然自立的立國精神，經過這一場風波，只有比過去更爲煥發高揚。這是磨礪每一個中國人的志節與定力的時刻。

六十年七月廿三日

不堪相比

七月十六日，因爲朋友們說，尼克森要到北平去的這一宣布，乃是「七十年代的慕尼黑」；於是，我把美國名作家薛瑞爾那本「納粹帝國興亡史」找出來讀。此書第十二章便是「赴慕尼黑之路」（三五七——四二七頁）。這兩萬多字記載着一九三八年九月間英法兩國如何背棄盟友，與希特勒妥協的慘史。我記得尼克森在一九六〇年第一次競選時，報上刋出他的照片，書桌上擺着有這一本一千兩百多頁的大書。

慕尼黑悲劇中的主角，是英國首相張伯倫。他在希特勒的「軍威」之下，出賣了捷克。同意德國可以佔領戰略上極關重要的蘇臺德區，使捷克藩籬盡失，終至亡國。

尼克森預計的北平之行，與慕尼黑會議有若干相同之處。第一、都是所謂强權政治之下的產物，惟力是視，置公義法理於不顧。第二、在慕尼黑「圓滿協議」之時，頗贏得英國國內的好評，議會中的議員諸公狂歡淚下，把議事表抛向半空，視張伯倫爲奠定和平的萬家生佛，「我們應感謝上帝賜給英國這樣一位首相。」今日尼克森之受到喝采，情景熱烈，猶有過之。第三、很不幸的是，慕尼黑的結果並沒有達成維護和平的目的；希特勒受到鼓勵，視英法如無物，反而加速了二次大戰的爆發。尼克森赴匪區的後果，與張伯倫之到慕尼黑很可能是殊途而同歸。

但是，這兩件事也還有許多不能相提並論之處。最重要的是：

第一、希特勒以暴力與鼓動攫取政權，當權後全力擴軍，殺氣騰騰，但在一九三八年時，希特勒統治下的德國並不曾與英國兵戎相見。而今天的共匪政權是韓戰前臺的主角，越戰後臺的導演。這個政權曾由聯合國大會通過，譴責爲侵略者。

第二、希特勒掌權的來路雖然不正，但他是納粹德國的「元首」，英德建有邦交，雙方互派使節，在納粹之外，並沒有一個「德意志民國」存在。而今天，中華民國巍然屹立於此，尼克森「別闢蹊徑」，置傳統友誼、國際慣例於不顧，這一步棋實在比張伯倫更難爲天下後世所諒解。

許多人勸尼克森懸崖勒馬。我要勸他在跳崖飼虎之前，應該多讀讀書。政客因勢取利於一時，政治家救國救世於千古。慕尼黑之後，張伯倫固然是罵名千載，英國亦飽受戰禍荼毒之苦。尼克森若眞不辨是非，不分敵友，「前往北平之路」以後，欲求爲張伯倫亦不可得也。

六十年七月廿四日

不合則去

尼克森總統的五分鐘電視廣播演說，在美國政治圈中眞個是「佳評潮湧」。共和黨諸君爲「老闆」捧場，自屬義無反顧；民主黨人士鑒於尼克森表現得比任何「鴿派」還要「鴿」，更是彈冠相慶，心酸酸地預祝白宮主人「成此不世之功」。連「時代」雜誌創辦人魯斯的未亡人，在夏威夷渡假途中也發表談話，讚揚尼克森將赴匪區的決定，「是二十五年來爲了打破僵局最重要的一個步驟。」

値得注意的一個人，是副總統安格紐。當尼克森上電視的時候，安格紐遠在非洲訪問。作爲競選的夥伴，白宮的副手，安格紐對於如此大事，理應唱和如儀，才是作官的道理；而他迄今未發一言。美國總算還有不發言的自由。

尼克森在一九六八年延攬安格紐爲副總統候選人，與一九六〇年甘迺迪之結納詹森動機相同，都是在藉此招徠，爭取南方保守派各州的選票。安格紐一如詹森，在選擧中確實達成了「戰略目標」。不過，最近幾天盛傳，一九七二年尼克森競選連任時，副選決非安格紐。尼、安之間，本無深厚淵源，尼克森當初要提的人是曾任加州副州長和衞生、教育、福利部長的芬奇。芬奇早已退出內閣。安格紐今次「政策性的」緘默，當亦有急流勇退，不合則去的意思在內。

純爲仕祿着想，安格紐的前途不免黯淡。失去了極峯的歡心，他恐怕很難像韓福瑞那樣再去還鄉競選。也不可能像麥納瑪拉那樣被安置一個金飯碗。但是，他的緘默爲美國維護了幾分正氣和尊嚴，也爲美國的保守派保持了明白的立場。用中國的說法，這是能抱道自重，不「逢君之惡」。

論安格紐其人之才略機謀與政治手段，不及詹森遠甚。就任副總統以來，他經常爲美國新聞界冷嘲熱諷，環攻不已。然而，在此大關大節之際，能够堅守立場，不隨聲附和，阿諛取容，亦自有其不可及之處。從政者第一戒律，進退出處，不能不愼，安格紐是不含糊的。

慕尼黑會議時期，英國政界挺身而起，抗顏力爭，面斥張伯倫者，只有一個邱吉爾，他當時不在內閣之中。後來局勢激變，投閒置散的邱氏乃得組閣拜相，領導抗戰。今日之事，安格紐似無那樣的機會。冠蓋京華，斯人寂寞，對於安格紐之「無言」，我們也惟有報之以無聲的祝福了。

六十年七月廿五日

歷史的喟嘆

這部影片我本來存心不看的：「偷襲珍珠港」。我不願意去看日本軍頭兒們的那一份驕狂——卽使這是一時的「得意」，也令人受不了。但是，有位朋友建議說「非看不可。」他認爲，這部電影具有春秋筆法。

三十年前珍珠港被炸的時候，我還是一個初中學生，對於這一驚天動地的事件，留下了一些印象。後來讀過若干有關這一戰役的報導和書，乃更加深了瞭解。因此，在看「偷襲珍珠港」的時候，正好像看由熟悉的小說改編成的影片。我覺得，情節大體不差，並非日本人的片面之詞，可惜的是，這一代的日本人對於當時侵略擴張的政略錯誤，似乎缺乏嚴肅的檢討與自責的心情。單就這部影片而言，彷彿今日的日本人（至少有若干日本人）還在緬懷三十年前偷襲得手的「光榮」呢。

單就珍珠港事件而言，偷襲的行動是絕對成功的。我們今日從銀幕上所看到的，雖未必卽與當年舊事分毫不差，但至少可以從這裏面看出來幾分之幾的歷史之眞實。同時，也讓我們領略到一些寶貴的歷史教訓。

美國吃虧在甚麼地方？不是實力不足，不是情報不靈，也不能完全怪馬歇爾將軍每星期天早晨要到陸軍馬場去騎馬，主要是表現在美國朝野缺乏戰時的體認，沒有絲毫戰鬪的精神。

當駐守夏威夷的美軍將士飲酒、跳舞、打撲克的時候，日本的官兵正在演習如何用魚雷攻擊航空母艦。他們日常以辨識敵方戰艦爲「娛樂」，這豈不就是生活與戰鬪一致？

美軍當時已經有了空防利器，新發明的雷達；但是「由於國家公園管理處與野生生物保護協會的反對」，却不能設置在最有利地形的山頭上。當情報官員發現敵機來犯，向上級報告的時候，那邊的答覆是「我們已經下班了。」陸軍將領爲了怕夏威夷的日僑破壞，下令將作戰飛機集中在機場上「以策安全」，結果成了敵人飛機的定靶。馬歇爾下達備戰命令，竟是經由普通電報拍發，到達之時，珍珠港已經是滿目瘡痍。

銀幕前的觀衆們啊，讓我們且慢嘲笑那些「顢頇愚蠢」的美國人。那些因循苟且的錯誤，在世界上許多地方都曾發生過，而且現在也可能還在發生。美國人總算是知恥知病的；美方所犯的錯誤，都是由他們自己提供資料才能留下來給後人做千秋定評。我天眞地想，這勇於認錯的精神，應屬美國轉敗爲勝、力克頑敵的關鍵之一。偷襲珍珠港已經進入歷史，讓我們鑑往而知來，莫自空發嗟嘆吧。

六十年四月卅日

懷古與傷今

當季辛吉環球旅行，快要潛赴匪區的前三天，尼克森總統曾發表過一篇演說，當時在美國和世界各地，都沒有引起太大的注意。事後回想，那篇演講正是他將要宣布前往北平的一個「伏筆」。

尼克森發表那次演說的時間是七月六日，地點是在密蘇里州堪薩斯市——過去是共和黨保守派勢力的重鎭之一，演講的對象是中西部十三州的報紙編輯、主筆、與廣播電視界的評論員。那篇演講沒有題目而是廣泛地討論美國當前的處境與外交。就是在那次演講中，尼克森展望未來的五年到十五年間，世間將有「五大經濟超級强國：美國、西歐、蘇俄、中國大陸、和日本。」他認爲，這所謂五强「要決定世界在本世紀最後三分之一時間內的未來。」這種判斷的錯誤，姑且不談；在這些話背後所掩飾着的「權力政治」的暗影，尤足以招致世人的反感，不僅是我們中華民國。

在演說的末段，尼克森說，他曾在夜間在希臘廢城與古羅馬集會場散步，看到的只是偉大耀眼的石柱。當他看到美國國家檔案局的石柱時，不免引起一番聯想。尼克森感慨萬端地說，希臘與羅馬都曾創造輝煌的文明，但是，「當他們變得富有，當他們失去了生活的意志與改革的雄心，終於日就衰微，最後終於毀滅了那種文明。」他沉重地說，「美國現在正走向那個階段。」

雖然尼克森說，他仍然相信美國人有活力、有勇氣，「具有健全的道德精神力量」，然而，他的話已經很難令人信服。由於他要前往北平，美國已有人指責他「放棄了所有的道德原則。」沒有原則的道德力量是不存在的，好比說彎曲的直線。作爲一國的政治領袖，如果不能做到「子率以正，孰敢不正」，便根本無法發揮號召羣倫的道德力量。

歐陽修在「五代史伶官傳序」中反覆申說憂勞興國，逸豫亡身的至理，「嗚呼，盛衰之理，雖曰天命，豈非人事哉！」美國富甲天下，產品居世界之半，戰後單單援助西歐花了成千上百億美元，誰能料想到短短二三十年間有今日之怯儒萎退。天道渺遠，非可探討；尼克森人事未盡，要想以演戲的方式處理國家大事，以秘密談判措致「未來數代之和平」，不察是非善惡，徒託所謂强權舊調，循此路而前，華盛頓的石柱華表，將來亦不過如希臘羅馬之廢墟，供人憑吊惋嘆而已。

六十年七月卅一日

也應有所驚

總統於今年六月十五日在國家安全會議中提示「我們國家立場和國民的精神」那篇訓詞，到現在將近兩個月了。這兩個月來的國際局勢，急轉直下，姑息氣氛瀰漫，暴力氣焰隨之猖獗。這一切發展，皆早在元首洞鑒之中。總統的訓詞，使大家增强了無限的信心和勇氣，也指示了我們在此危疑震撼的局勢中應有的態度和應盡的責任。尤其是「只要大家能够莊敬自强，處變不驚，愼謀能斷，堅持國家及國民獨立不撓之精神，亦就是鬥志而不鬪氣，那就沒有經不起的考驗，衝不破的難關，也沒有打不倒的敵人！」這一段話，舉國中知書識禮之人已經無不熟讀再四，稍具血性之倫亦無不慷慨奮發。

就在過去的一個多月時間裏，美國總統宣布要訪問匪區，美國國務卿透露了所謂贊成納匪而不排我的意見；昔之友邦舍我而就匪者，非洲有獅子山，中東有土耳其。當我南美經濟訪問團出發之日，亦正是祕魯內閣同意與匪建交之時，波濤如此，不能不令人氣結心憂，悲憤交集。

問題不在別人如何輕我侮我，而在於我們自己如何因應，如何面對挑戰而有所反應。與幾位關心國事的朋友們談天，我們同有一種憂慮——也許祇是杞人之憂。總統要大家莊敬自强，處變不驚，愼謀能斷，堅持獨立不撓的精神。這幾樁事情應該是相輔相成，一以貫之的。但是，放眼當前的社會景象，我們的莊敬在哪裏？我們的自强在何方？說來說去，大家眞正做到的，好像祇有一個「不驚」。

這種態度好不好？對不對？應該不應該？　總統要大家不驚，是要大家在認識當前激遽變化的局勢之後，從自身的努力，立定脚根，這才能發揮操之在我的作用，衝破難關，挽轉狂瀾。如果說祇是閉起眼睛來不察實際的情況，因循苟且的，依然是苟且因循；吃喝玩樂的，照樣是玩樂吃喝。心中本無「應變」之想，自然也就無所謂驚與不驚。這不是「不驚」，而直是醉生夢死，痲木不仁！

總統勉示國人處變不驚，是要大家激發大義血忱，明辨是非善惡，憂勞興國，鎭定沉着，而不因一時局勢的明晦而進退失據。但是，我們在近時所見，有些人似乎存有「莊敬自强他人事，處變不驚我自知」的觀念，這種「不求甚解」的從容，絕非當前所應有的。

所以，我敢大聲疾呼，此時此地的中國人，亦應有所驚！警覺於週遭風波之險惡，瞭然於自身責任之重大，然後才能眞正無憂無懼，發憤圖强。

六十年八月十三日

文書政治嗎？不！

近時國際局勢的種種演變，其來有自，非一日之寒。愛國憂時之士，不免有扼腕之嘆。大自機關團體，小至市井之民，發表宣言，通過決議，表示了激昂慷慨的情緒，守正不屈的決心。張揚大漢之天聲，誅伐姑息之妄論，這種凜然不可犯的態度，頗能反映中華民國每一個人的心情。

不過，處此艱難之會，單單激昂慷慨的言論是不夠的。如果止於發表宣言，通過決議，便認爲是對於國家民族盡了責任，對於天下後世有了交代，那是說不過去的。很可能便落於外國人嘲笑我們的一句舊話：「文書政治」。

不「文書政治」當如何？很簡單，那便是在宣言決議之後，繼之以行動，繼之以具體可徵，行有切效的行動。不可再以紙面上的風雲爲滿足，不要再從製造新名詞、新口號上找出路，筆墨語言之效，已經有時而窮。

總統期勉國民，要莊敬自強，處變不驚，愼謀能斷，獨立不撓。這是原則性的指示。究竟如何使這些正確的原則「落實」在工作上，表現在實際的成效之中，應該是每一個機關團體和每一個國民的責任。如果我們祇是把總統的話背得滾瓜爛熟，而不從實際行動中去想、去做、去用心用力，聞道而不能行道，則於國何補？於已何益？

研究國史的學者，恆以南宋末葉士氣之虛矯浮囂爲病。大言炎炎，實無一物。「文書政治」之弊，就在說起來頭頭是道，做起來路路不通。南宋士子的放言高論，何嘗不激昂慷慨，擲地有聲，而其後果卻是禍國有餘，救國無效。我們今天的憑藉，絕非南宋所能比；然今日之處境，則遠較南宋爲複雜。言念及此，就更不容我們作任何徒逞一時意氣的輕率之論。總統要大家「鬪志不鬪氣」，與莊敬自強，處變不驚的訓示是一貫相承的。持其志勿暴其氣，我們此時不僅要有忍辱負重的擔當，更要有任重道遠的覺悟。

尼克森對匪明送秋波，已是一個月之前的事；聯大本屆年會中的決戰，去今也祇有一個多月了。在這一痛苦的時會，每一個人宜乎以慮危操深的孤臣孽子心情，從自身做起，加倍努力，奉獻工作上的成就，做爲國家衝破難關，爭取勝利的本錢。

宣言書、決議案，應是我們洗心革面，奮起作戰的號角，而不是向歷史推卸責任的藉口。「文書政治」嗎？絕對不行，我們要有自覺。

六十年八月十四日

不中敵人之計

我們今天的處境很艱難；然亦正因爲如此，就特別需要冷靜，愼謀能斷，當從冷靜中來。

當尼克森宣布他要到中國大陸一行之後，有一家外國通訊社的記者曾從台北發電報出去說，此地有反美的情緒。

情緒是看不見的。單講對美國不滿的情緒，恐怕每一個中國人都有的；難道要我們向尼克森先生喝彩嗎？但如果由此引申到「反美」，未免是一個「大膽的假設」。

事實上，政府的舉措始終保持着嚴正的立場與冷靜的態度。民間有許多激昂憤慨的反應，皆止於言詞文字。知識份子之間，普遍瀰漫着對美國「不信任」之情，但也還談不到反美。

這並不是說中國人沒有「反美」的骨氣。

有些過份天眞或者別具用心的外國人說，中華民國是不會反美的，因爲中國每年要接受一億美元的軍事援助；同時，中國一年近四十億美元的對外貿易，幾乎有三分之一是要和美國往來。在外交戰線上，中美需要合作之處甚多，云云，云云。

抱着這種看法的人，不瞭解我們中國人的民族性格與文化傳統。中國人交友之道，惟以忠信相期。近百年來，中國飽受列强宰割壓榨，美國過去一本其民主自由的立國精神，與中國相交。譬如以前大陸上的通商大埠有各國租界，獨美國無之；二次大戰期間，中美比肩作戰，擊敗日本軍閥。大戰以後，雖然華府決策一誤再誤，坐使大陸局勢逆轉，但自韓戰爆發，美國支持我們的抗共大業，合作無間，這種一脈相承的情誼是我們不會忘記的。這是中國人「寧人負我，我不負人」的道義觀。

中國人不反美，是因爲我們有共同的敵人在。共匪今天推出笑臉，歡迎「美帝」首腦去北平，其意安在呢？當然其主要作用是要分化自由國家，尤其是要藉此挑撥盟國之間互信互助的關係，孤立中華民國。在這種情勢之下，我們考慮國家利害之所在，絕不做任何能使敵人快意的事。此時如竟有「反美」的行動，豈非恰恰中了共匪的狡計？

我們的敵人是共匪，我們要反的是共匪。至於對今日那些徬徨失措、是非不明的人物，我們祇是報之以輕蔑而已。自己挺得住，站得起，自然能贏得朋友的敬意與敵人的畏懼。這比甚麼「反」都更有力量。

六十年八月廿日

新貌乎

外交是內政的延長。外交上强有力的措施，要靠其國力的堅實爲後盾。美國現在面臨的難局，不僅是蘇俄軍力的擴張，同時還有國內的經濟問題。或者說得更明白一點兒，美國通貨膨脹的問題十分嚴重。最明顯的跡象是工資與物價上漲，失業人數增加，美元幣值跌落。哈瑞斯氏民意測驗的結果顯示，美國老百姓有百分之七十認爲尼克森對於經濟問題「處理不當」。從一九六六到六八年期間，十五種關鍵性工業（包括汽車、鋁、鋼、銅等），每年平均上漲率是百分之一點七；尼克森上臺後第一年，上漲率就激增到百分之六。

最近的情形更爲不妙。各種股票徘徊下游，各種工資則紛紛跳動。八月上半月裏，鐵路工人的新契約，規定在未來四十二個月裏要加薪百分之四十二；鋼鐵工人在未來三年內要加薪百分之三十。鋼鐵工人的工資一放鬆，各製鋼公司馬上宣布鋼鐵加價百分之八。鋼鐵加價影響到許許多多的工業部門。譬如通用汽車公司——全世界最大的汽車生產者，美國汽車有百分之四十五以上都是通用各廠的產品，馬上宣布一九七二年各型車輛加價百分之三點九，平均大概每輛汽車的售價，要提高一百七十六美元。

在漲風聲中，工業品的批售價格，七月份裏上漲了百分之零點七。這個百分比看起來不大，但卻是近六年來一個月期間漲得最多的。

失業的人口在七月份內由百分之五點六增加到百分之五點八，也就是說，有五百三十三萬人沒有工作。

由於這些情況，使得美元在世界金融市場上的比值陣脚動搖。尼克森八月十六日突然宣布的那一連串激烈措施，大體上是針對這些病象採的治標做法。其中關於控制物價、工資、租金和減稅等措施，是接受聯邦準備局局長彭斯的建議，這些措施與尼克森政府一向的政策完全相反。

美國政府雖然在事前事後一再强調美元不會貶值，但所謂浮動匯率，事實上必將發生貶值的後果。在西歐各國市場上，尼克森講話之後，美元已經下跌百分之五。如果用新臺幣來打比方，就是說原來一比四十，現在只能換到一比三十八了。

經濟問題是最複雜也最簡單的問題。因爲它最現實。尼克森的「經濟新貌」雖然很戲劇性，究竟能否緩和眼前的困難，「恢復活力」，令人不能無疑。

六十年八月廿二日

勝利的啓示

今天是九三軍人節，我很想和軍中的朋友們談談中華巨人少棒隊的戰績，那是在另一個戰場上的勝利。

在上古神權時代，「國之大事，惟祀與戎」。軍旅戰陣，動則關繫國家的盛衰，民族的存亡，這是何等嚴重的事，如何可以與小孩子的球賽相提並論呢？

然而不然。我們以小觀大，可以從巨人隊的勝利之中，得到以下的啓示：

第一、從威廉波特點燃戰火，電視轉播實況以來，臺灣一千五百萬人，恐怕至少有三分之一的人沒有好好睡覺。在千千萬萬凌晨兩點鐘爬起床來看球的人之中，我敢說大部份都並不是球迷，而是關心國家的榮譽。雖然隔著太平洋，我們的助威加油，小朋友們看不見也聽不見，但我們要盡這一番心。當八月廿九日淩晨擊破美北，以竟全功之時。多少人高歌吶喊，興奮如狂，海內海外都是一樣。

贏一場球尚且如此，我們的國軍將來打了勝仗，其在國人心目中引起的崇敬爲如何，是大家可以想像得到的。麥克阿瑟元帥有言，「勝利是無可替代的。」其義在此。

第二、打球也好，打仗也好，團體合作最重要。美北的麥林登雖然有拔山舉鼎之勇，然而孤掌難鳴，擋不住巨人鍥而不舍的攻擊波。我們的攻擊好，守備嚴，安打上壘，盜壘得分的固然好，那些打「犧牲打」幫助隊友回家的也是一樣的好。他們是「不成功，便成仁」。在大軍相當之際，祇有整體的勝負，沒有個人的得失。榮則同榮，辱則全辱。積極進取，勇猛得分的人固然值得敬佩，那些在必要的關頭，打「犧牲打」的人也同樣值得讚美。沒有他們，勝利是不可能的。

第三、古語說「哀兵必勝」，巨人在最後決戰時，一開場不到兩分鐘就連失三城，而且因爲是先攻後守，心理負擔重極了。此後是寸土必爭，才扳成三比三平手。因爲這前三分，才使巨人取得延長戰局的資格，才有後來大勝的本錢，以後打到第八局，時時都是驚濤駭浪，險象環生。但是，小朋友們眞正做到了莊敬自強，處變不驚，攻守之間，沉著鎭定，然後在第九局獲得意料以外的大勝。

國軍將士今天確保臺澎金馬，好比是前六局的結果。我們相信，破虜收京，光復失土的第九局，爲期不會太遠。這一場戰爭不祇是比戰力，比武器，而更是比鬬志、比精神。我們一定勝利，因爲「仁者無敵」。追求勝利的過程是艱苦的，但，最後來的勝利滋味也最甜。全國同胞和海外僑胞都和三軍將士是一體的，期待勝利的來臨。

六十年九月三日

今年國慶

今天是中華民國六十年的雙十國慶，今年的國慶與往年至少有兩點不同之處。第一、開國甲子，天人同喜，世界上任何一個有中國人的地方，都會因國慶日的到臨而鼓舞歡欣，熱烈慶祝。第二、今年又是外交決戰之年。聯合國代表權的問題，懸在每一個人的心上。我們也許可以這樣說，今年的國慶，將在「憂喜參半」的心情中度過。

憂，是爲了國家；喜，也是爲了國家。沒有憂國的誠意，就不能創造可喜的前程；沒有喜悅的心情，就不能打破可憂的現狀。我們今天所需要的，是面對現實，迎接挑戰的勇氣，是抱道獨往，慨當以慷的情懷。

六十年來，國家飽經患難。當袁世凱竊號自娛，南面稱帝的時候，當大小軍閥割據自雄，裂土分茅的時候，當日本軍閥長驅入寇，砲火連天的時候，哪一次不是危急萬狀，間不容髮？又如民國卅八年大陸沉淪，中樞播遷臺灣的時候，世間不也曾有多少「預言家」都認爲我們無法再支持一年兩年？

而中華民國屹然永在。

而中國人民奮戰不屈。

而我們，秉持着五千年的文明，雖然身在造次顚沛，危難困苦之中，永遠也不會放棄自救救人的壯志雄心。這是中國人的氣概，也是中國人的使命。

聯合國的問題，似乎是對中華民國的考驗，其實，這乃是對於一百三十多個會員國的考驗，是對於全世界人類良知良能的考驗。蔑視公理與正義，犧牲別人而自以爲是權宜之計，並幻想由此而措置世界於長治久安，這簡直是緣木求魚。

令人引以爲憂的，不是世界無公道，不是敵人太詭譎，而仍是在我們自己的努力不够，與我們的使命不相稱，與我們的抱負不相合。

范仲淹說：「先天下之憂而憂，後天下之樂而樂。」今天，這話不僅適用於聖賢豪傑，仁人志士，也同樣應該爲我們這些平凡的匹夫匹婦們所信守不渝，實踐力行。如今，天下之憂，幾乎集中在我們身上；撥亂反治，正本清源，爲國家求出路，爲人類謀幸福，這責任都在我們的肩頭。將來，當我們成功時，天下之喜，也將集中在我們身上。

在此危疑震撼的時代，我特別以做一個中國人爲榮。對於平凡如我者而言，這樣的國慶日滋味反而更深更長。

六十年十月十日

壯士斷腕

中華民國政府於十月廿六日毅然宣布退出聯合國，這是我們國家的大事，也是關繫人類命運與世界前途的大事。海內外每一個中國人都爲此感到悲憤塡膺，全世界每一個自由人都爲此感到失望沮喪。中華民國採取這一步驟，是一痛苦的決定。但是，爲了存正道於人間，揚公理於世界，這是我們應該走、必須走的一條路。

回想聯合國當年的締造，中華民國大有功焉。我們是這個世界組織的創始者，也是安全理事會的常任理事國之一，其後的二十六年來，中華民國沒有做過任何一件不合聯合國憲章的事；相反的，爲了建立世界和平、安全、與正義的理想，中華民國無不竭力以赴；縱然是在我們自身處境極其困難之時，也從來沒有稍事瞻循。局面演變至今，象徵人類希望與理想的聯合國，竟率然作出了「排我納匪」的決定。我們中國人可以拍拍胸膛說，「聯合國負我，我無負聯合國。」

中華民國今天雖然退出聯合國，但我們並不因此而卽貶低了聯合國的重要性，尤其不能因此而蔑視了聯合國理想的崇高性。這也就是外交部聲明中所說的，「保證我國今後對於國際事務的處理，仍當一本當年參加締造聯合國之初衷，循守憲章所揭示之目標與原則，協同志同道合的友邦，共同爲維護國際公理正義與世界安全和平而繼續奮鬬。」眞正的中國人，不會與聯合國的旗幟作戰，不會拔出刺刀來和聯合國講價錢。我們所尊重的是公理、正義、和平，這是我們五千年文明培育的泱泱大國之風。

中華民國今天雖然退出聯合國，但我們的行動絕不是出於一時激憤，而正是因爲我們眞正愛聯合國，愛聯合國的理想。我們的行動，猶如「壯士斷腕」，非如此不足以表示我們「漢賊不兩立」，誓不與鳥獸同羣的決心。我們中國人絕不承認共匪有代表我們的資格，聯合國違反憲章、也違反一切事理人情的決定，我們堅決反對到底，決不含糊。

近兩三年來，我憑吊過日內瓦湖畔國際聯盟的舊址，也曾出入於紐約聯合國大會堂。那些崇樓大廈，所值有限；值錢的是它的理想與精神。理想喪失、精神淪亡，光靠聯合國的招牌，充其量不過是一座大戲院，扮演一場鬧劇而已。不幸而聯合國已經踏上了國聯的覆轍，出賣理想與理性，向暴力屈膝。

聯合國垮了還可以再來過。垮不了的是我們中國人，是我們中國人莊敬自强的勇氣與決心。叫他們等着瞧吧！

六十年十月廿八日

文王一怒

孟子這部書中，有這樣一段精彩的對話。

齊宣王對孟子說：「寡人有疾，寡人好勇。」

孟子說：「王請無好小勇。夫撫劍疾視，曰：『彼惡敢當我哉？』此匹夫之勇，敵一人者也。王請大之！」

孟子引用了兩段古書，一段出自詩經：「王赫斯怒，爰整其旅，以遏徂莒，以篤周祜，以對於天下。」孟子解釋說：「此文王之勇也。文王一怒，而安天下之民。」

他引的另一段話，出自書經：「天降下民，作之君，作之師。惟曰，其助上帝。寵之四方，有罪無罪，惟我在。天下曷敢越厥志。」孟子說：「一人衡行於天下，武王恥之，此武王之勇也。而武王一怒，而安天下之民。」

這幾天，由於聯合國顚倒是非的舉措，每一個有血性的中國人都不免有「按劍疾視」的心情。既然堂堂的聯合國也居然重勢不重理，重現實而不重理想，我們又何必循矩蹈規？

但這正是孟子所告誡的「無好小勇」；也正是總統提示我們的，要「鬪志而不鬪氣。」

今天，我們需要的不是一時的憤慨，幾天的沉痛，而是要有「一人衡行於天下，武王恥之」的大勇，有文王「以對於天下」的大勇。而這大勇的根源，在乎知恥，在乎知病。

中華民國不得不毅然決然退出聯合國，這是聯合國的大危機，也是中國人的大恥辱。而這危機的原因，恥辱的來源，是由於大陸沉淪，共匪作亂。掃除這種恥辱，根本的總解決惟有反攻大陸，消滅共匪。不能達到這個目標，原因雖多，主要還是我們的病，我們的恥。

今之聯合國譬如一個充滿了投機客與冒險家的股票市場。在他們鼓動的風雲雷雨之中，上市的股票並不都能代表眞的價值。欺詐、威脅，可以得逞於一時，不能騙人於久遠。共匪僞政權的股票上，不僅沾有中國人民的血漬，也沾有那些曾經奉聯合國之大纛而犧牲的將士們的鮮血。這樣的股票混入市場，其引發風潮，造成新的危機，乃必然之事。

古人說，窮則變，變則通。但我們今日之變，不當是按劍疾視，逞血氣之勇。而是要以忍辱負重的心情，知恥知病，除舊革新，爲國家開創前途，爲世界扭轉危機，埋頭努力，「一怒而安天下之民」。

六十年十月廿九日

以忠誠爲天下倡

今天是　總統華誕日，海內外同胞，同以感奮的心情來向總統祝壽。我們處於舉世擾攘之際，而能安居樂業，享受自由的生活，皆出於總統的領導。中華民國近二十年來雖偈處一島，而能砥柱中流，成爲東亞民主戰線上强固安全的保壘，可以說主要是由於總統的睿智與決心。我們今天慶祝　總統華誕，壽人亦正所以壽國、壽世。　總統歷年來的著述與訓詞，已刋布者恐在千萬言以上。　總統諄諄提示國人者，是實踐行仁，以忠誠爲天下倡。祇要大家能念茲在茲，身體力行，則破虜收京之大功，反攻復國之大業，皆如水到渠成，必有完成之一日。

猶憶二十一年之前，大陸沉淪未久，　總統俯順輿情之籲望，在臺北復行視事，民國三十九年四月十六日，　總統主持一項重要典禮，發表以「軍人魂」爲題的訓詞，特別闡釋「愛」的意義。總統說：「我們所謂愛，就是爲一個主義和信仰，而要愛他，爲要愛他卽使犧牲自己的性命，亦所不恤，這樣才叫做眞愛。我們旣然愛我自己國家，愛我自己同胞，愛我自己歷史文化，那麼如果一旦國家危亡，人民陷溺，歷史文化將被毀滅，我們就要用盡一切力量乃至不惜犧牲自己的生命來挽救他、護衞他、保障他。」這種偉大無私的愛，正是一切力量的泉源。

總統在這篇訓詞中，曾引述曾國藩的話說：「君子之道，莫大乎以忠誠爲天下倡，世之亂也，上下縱於亡等之欲，畏難避害，變詐相角，曾不肯捐絲粟之力以拯天下，得忠誠者起而矯之，克己而愛人，去僞而崇拙，躬履諸難，而不責人以同患。浩然捐生，如遠遊之還鄉，而無所顧悸。由是衆人效其所爲，亦皆以苟活爲羞，以避事爲恥，嗚呼！吾鄉數君子，所以鼓舞羣倫，歷九載而戡大亂，非拙且誠者之效乎？」

當前世局變幻，波詭雲譎。而國際間人心陷溺，眞僞混淆，尤甚於昔時。但是，中華民國經過二十餘年的生聚敎訓，根基鞏固，實力强大，亦非當年可比。然而，盱衡世變，前途多艱，我們如果以目前的小康之局爲滿足，無異自暴其志。所以，大家要以總統之心爲心，「以忠誠爲天下倡」，發揮此種忠誠樸拙的精神，羣倫共勉，堅忍奮鬬，這便是我們每一個人能够呈獻給總統的最佳壽禮。

六十年十月卅一日

人者心之器

古往今來的大政治家，無不以正人心、端風俗爲政治的先務。人心善惡之幾，與國家治亂之幾相通。所以，大學上說，「古之欲明明德於天下者，先治其國；欲治其國者，先齊其家；欲齊其家者，先修其身；欲修其身者，先正其心。」心理建設是一切建設的根本。於今日之事，尤爲確當。

殷代傳說對武丁，有「知之非艱，行之維艱」的說法，幾千年來深入人心，牢不可破。國父認爲這種觀念是大大的錯誤，所以說，「使能證明知非易而行非難也，使中國人無所畏而樂於行，則中國事大有可爲矣。」國父著「孫文學說」，其主旨在此。

國父在這本書的自序中說，「夫國者，人之積也；人者，心之器也；而國事者，一人羣心理之現象也。是故政治之隆汚，係乎人心之振靡。吾心信其可行，則移山塡海之難，終有成功之日。吾心信其不可行，則反掌折枝之易，亦無收效之期也。心之爲用大矣哉。夫心也者，萬事之本源也。」　國父是以破此心理上之大敵，「出國人之思想於迷津」的決心，而著孫文學說。讓舉國之人對於革命建國的宏規遠謨，不再視之爲空談，而能萬衆一心，急起直追，建設現代化的國家。　國父斷然認爲，只有大家打開了心理上的這一個結，「則其成功，必較革命之破壞事業爲尤速尤易也。」　國父的偉大處，一方面在於他能以超邁古往聖哲的高瞻遠矚，締造幾千年來未有的共和新邦，而同時又能在思想與觀念上查出中國人幾千年的病源，用最樸實而簡明的話，來打動億萬人心，激發大家行動的勇氣。

有形的革命，是推翻滿清，建立民國。中華民國到今天已經開國六十年了。無形的革命，是心理建設，是「無所畏而樂於行」的精神，至今仍然有待大大的提倡。看起來，創建一個國家不容易，改變人們的心理更不容易，需要更長的時間，更大的努力。

今天是　國父誕辰之日，我們緬懷國父生前的功業，身後的遺言，再看看當前的世界大局，內心實有說不盡的感慨。我建議讀者朋友們，能够仔細讀一讀「孫文學說」，體會到國父「吾志所向，一往無前，愈挫愈奮，再接再厲，用能鼓動風潮，造成時勢」的精神，再創「有志竟成」的事業。

六十年十一月十二日

孫文學說

國父著「孫文學說」，書成而自作序文，時在民國七年十二月三十日，當時 國父旅居上海。這本書的主旨，卽在力倡「知難行易」之說，而爲心理建設的張本。 總統曾說，「孫文學說這部書是總理最根本的革命學問，亦卽我們革命最緊要的心理基礎。」「孫文學說」亦如 國父所有著作，歷年版本極多。我現在所讀的是陽明山莊四十一年十月版，四十開本計一六七頁，全文約七萬四千言。

全書除自序外，正文八章，附錄兩則，行文用淺近文言，爲當時通行的文體。八章皆在說明知難行易，有志竟成之至理，其順序爲：以飲食爲證，以用錢爲證，以作文爲證，以七事（建屋、造船、築城、開河、電學、化學、進化論）爲證，知行總論，能知必能行，不知亦能行，有志竟成。附錄的是「知難行易」與「行之非艱，知之維艱」兩篇講稿。

國父在此書的前四章，是以人人可見的實例，反覆申說，如「身內飲食之事，人人行之，而終身不知其道。」然後層層剖析，破疑立信，皆從最親切處着力。國父論飲食而講到營養學，論造船講到鄭和下西洋，論築城開河講到萬里長城與蘇彝士運河，都是將衆所熟知的史實，結合當時的新知，來喚醒同志，敎化國人。世人皆知 國父畢生好學不倦，雖在軍書旁午，或流亡困頓之際，未嘗一日不讀書。「孫文學說」卽是最好的證明。國父不僅是勤於讀書以求知，而且的確能將一切古今中外的學問與知識融滙貫通，用之於革命。如非經年累月讀書，而且將所見之書都已讀通，不可能寫出「孫文學說」來。

自第五至第七章，則爲對「知」與「行」的理論性論辯，要點仍在說明「人類進化，發軔於不知而行。練習、試驗、探索、冒險，四者屬於不知而行，亦卽文明之動機。」

最後一章「有志竟成」，國父自述立志革命，中經十次失敗，以至民國成立的經過，用世所共見的事實，來證明知難行易的眞確無疑，爲此不世偉人革命事業的信史，是中華民國最可珍念的史料，同時更是對於後代中國人最有力的啓示，讀此書不僅令人明理，更使人熱情激揚，信念益堅。

總統今年十月廿六日文告最後一段話說，「反共鬥爭的行程，正如在風雲變幻莫測的海洋中操舟前進，只要大家對於反共的基本形勢，都有共同的認識，不爲一時的變局所迷惑，緊緊把握正確的方向，精誠團結，協力同心，禍福相倚，甘苦與共……必可很快到達彼岸，拯救同胞，光復大陸。」

我相信，如果國父今猶健在，處今日之局，亦必對我們作同樣的昭示。憑此眞知，乃可力行而底於成！

六十年十一月十三日

血淚的教訓

第一屆中美學人中國大陸問題研究會，已於十五日在臺北市揭幕。從報端發表的名單看來，雙方出席討論的人士，陣容甚爲整齊，的確可當「第一流」而無愧。這樣一次規模空前的研究會，透過兩國學者專家的合作，自可增進對於毛共僞政權以及今日中國大陸情況的認識與瞭解，意義至爲重大。

前些日子，曾聽到一位美國朋友說：「有人常常批評美國對於中國大陸問題的瞭解太幼稚了。我覺得這話有失公平。其實，到目前爲止，美國爲研究中國大陸上的種種問題所投下的人力物力，也許比任何一個國家都要多。」

注意國際情勢的人都承認，今天世界上有許多錯綜複雜的問題，都直接間接與美、俄、匪的三角關係有關。美國學術界對於中國大陸問題因關切而著意研究，是有其現實原因的。而他們在這方面所下的功夫與獲得的成就，確乎也有可以令人尊重之處。

不過，所謂中國大陸問題，畢竟不是一個純粹靜態的、可以孤立起來進行剖析的問題。在中華民國而言，這是經歷了幾十年的政治鬥爭的延續，我們所得到的經驗與認知，乃是流血流淚換取來的；而這種經驗與認知，斷非投入人力物力的數字所能表現得出來的。在美國，研究中國大陸問題不過是涉及其國家重大利害的「問題之一」；但對我們而言，這是一個生死存亡的問題。美國學者有關共匪的著述，過去我也曾稍加涉獵，我覺得他們往往過分重視當前的「現象」。而在我們中國人的心目中，特別是在對共匪的問題上，永遠不會忘記「前事不忘，後事之師」這句老話。有些美國人甚至認爲我們太「教條化」，太受經驗的支配。我們中國人則深信歷史的意義之一，就是鑑往而知來。中華民國爲自由而戰，爲拯救鐵幕中的億萬生靈而奮鬥，基本的原則絕不因一時現象的變化而有所改變。往事斑斑，我們深切瞭解共匪的策略在本質上也不會有甚麼改變。

但在學術界的研究工作，則要儘量保持冷靜與客觀，蓋非如此不能眞正知己知彼，料敵決勝。我們歡迎外國友人對中國大陸問題發表宏論，甚至於是與我們互有異同的意見；我們也希望美國的學者專家們重視中國方面所作的研判，這種以血以淚所得到的痛苦教訓，是眞正的「第一手」材料。

五九年十二月廿日

寄遠

某某兄嫂如晤：

前奉手教，稽覆爲歉；時光荏苒，不覺又逢歲暮。重讀來翰，感慨無量。今歲世事擾攘，情懷寥落，弟久未與海外師友通音信，並例行之賀卡亦一概免卻。拂逆橫遭，困蹇備歷，中國人尚有何心思，有何臉面行此太平盛世之繁文縟節乎？吾知兄嫂必不以弟爲失禮也。

兄函中歷述十月廿五日夜間，全家在電視機前注視聯合國大會議事之情景。當我代表團毅然退出後，又親見彼親匪媚匪代表，鼓噪叫囂，載歌載舞之狂態。兄則破口大罵，嫂則對景淚下。兄自謂，「行年半百，飄泊江湖，雖於祖國無日不縈念在懷，然對政治實務則往往漠然淡然。自顧平生，愛國心念之強烈，蓋無有更甚於此一刻者。」此等心情，海內海外如一。弟雖與兄遙隔萬里，內心亦正同其憤慨，此豹子頭林冲所謂「丈夫有淚不輕彈，祇因未到傷心處」也。

兄嫂關心國內之一般反應，弟所可爲奉告者，「憤慨之際力持沉著，屈辱之後更求奮發，」此二語可以盡之。自中樞播遷台灣二十年來，國家處境之窘迫，未有如今日；而士氣民心之昂揚，似亦未有過於今日者。貞下啓元，實繫乎行己有恥。正如來書所云，强烈之愛國心亦是知恥之自然反應。退一萬步言，設使台灣不幸而有失，舉國之人率皆面臨「生無託足之地，死無葬身之所」的噩運，卽海外千數百萬僑胞，豈不亦如飄萍斷梗，何所容於天地之間乎？國脈民命，實屬一體，今日乃更有痛切之感。

人心鎭定沉著，蓋亦有所憑藉。台灣近十年來之經濟發展，確有大可自豪之處；軍中帶甲執戈之士六十萬人，無論進攻防守，矯矯乎慨然强者，故周匪恩來輩久矣不彈「血洗台灣」之讕調。草野間殷殷矚望者，仍在政風之淸革，「紅包」之害，幾同赤禍。而社會上奢侈淫逸之風，與此又互相激盪，去「莊敬自强」者甚遠，當局勢當掌握昂揚之民氣，形成改革之動力，精簡駢枝，裁汰庸劣，從事根本之圖，不有非常之氣魄與舉措，實不足以因應目前非常之變局。

近日報章所載，紐約、芝加哥等各地同學，分別集會，研討國是，必將有所建白。兄雖身在異國，久離校園，究非如秦人視越人瘠肥無所動心之局外者。「不在此山中」，或更能看得遠，見得眞。救國事業，人人有責，如何將强烈的愛國心轉化爲積極性的建議，知識份子尤不能辭其責。對海外學人學生深懷期待者，固不止弟爲然也。風雪歲寒，珍重珍重。

弟彭歌百拜

六十年十二月十七日

更好的祝福

這是一張簡單的聖誕卡片，但是使人不能不作答覆。

這張卡片來自美國俄亥俄州的狄克斯夫婦。先生阿爾伯特（Allbert V. Dix）與太太瑪莉安(Marian Dix) 都是新聞界的健者，同時也是中華民國的摯友。狄氏家族在俄亥俄與堪塔基兩州有八家日報，它們的言論編輯政策一貫地支持中華民國。狄克斯是這一家族的「龍頭」。

狄氏夫婦與我國新聞界人士交往頗多，除了老一輩的不言，年輕的同業如李文中兄，齊振一兄和我，都曾先後在狄府作客，盤桓長談，我們且乘狄氏的專用飛機，一日往返數百哩去看他旗下的幾家報紙。

據丁維棟兄相告，今年國際新聞協會集會時，美國代表團部分團員醞釀排我，狄克斯力持正義，嚴詞駁斥，使美案打消。被西歐某些左傾份子把持的國際新聞協會中，雖然終於發生了對我不利的變化，但狄克斯前番的仗義執言，顯示出公道自在人心。一士諤諤，盛情可感。

狄氏夫婦今年的賀卡上，用綠筆寫著：

「對台北的好朋友們保證我們持續不變的關愛與敬佩。」

看字跡是出於瑪莉安的筆墨。卡片上原印有「敬祝新年快樂」的字樣，她把快樂 Happy 劃去，另外寫上一個 Better，祝福我們來年有「更好」的一年。他們瞭解，今年的遭遇，使我們無從「快樂」，他們所祝福的，與我們所要努力的一樣：我們要創造更好的形勢，打開更好的局面。

答謝時，我在「清明上河圖」的卡片上寫了幾句話，「患難之交，方為眞友。謝謝你們的鼓勵。為自由而奮鬪的人，永遠不失其信心。」

狄氏夫婦都是六旬以上的人了。在美國，算得是功成名就的人，兩夫婦都是忠實的共和黨員，但是對於共和黨籍的尼克森總統近時擧措，大不以為然。在美國那種洪流滔滔，衆議紛紜的情況下，他們對於「孤立於道義之上」的台北的友好念念不忘，反映出美國民意輿情絕非一面倒的姑息。

去秋訪美時，與狄氏夫婦傾談，我有這樣的印象：他們所關注者猶不止是中華民國的安危，而更是美國未來的前途。他們是「法律與秩序」的擁護者，在國內如此，在國際亦然。如果不講原則，不重道義，徒然以「和平」的口號迷惑衆生，豈止不能取信於天下，也無法使其本國的國民心服。

台北的朋友們感謝像狄克斯夫婦這樣的友人所表達的關心與祝福；並且相信，我們一定能再接再厲，作「更好」的努力，以無負於朋友的敬佩之情。

六十年十二月十八日

論慷慨激昂

去今大約十年以前，我曾聽到一位卓越的外交家談外交工作。他說，一般人期之於外交人員的，往往是口若懸河，舌似利刃，在任何情況之下，都能發表慷慨激昂，擲地有聲的宏言讜論。頂好是一言出口，舉世震動。他說，這實在是一種不幸的誤解。根據他半生折衝樽俎的經驗，「外交官固然應該長於舌辯，但絕不可動輒以慷慨激昂爲得計。辦外交辦到了慷慨激昂的時候，恐怕也就是最危險的時候。」他的意思是說，問題如果能夠解決，就無需乎把慷慨激昂的情緒流露於外；問題如果不幸而不能依照本國的最高利益來圓滿解決，慷慨激昂一番不過是徒逞意氣之盛，博一時敢言能言之虛聲，而最後受到損害的還是國家。

這一席話給我的印象十分深刻，雖事隔多年，至今難忘。我推敲這位長者之意，與中國歷來的兵學思想恰相脗合：「善戰者無赫赫之功。」善戰者不戰而屈人之兵，赫赫軍威是可以深藏而不露的。就外交戰而言，慷慨激昂並非上策，要緊的是戰果。

其實，外交工作如此，一般國民之議論國事也要有如此認識。慷慨激昂是愛國心的表現，是一種高尚的情操，也可以說是民族志節的具體反映和救國事業的眞正起點，無論是就個人而言或者就國家而言，沒有「血氣」皆將無可以託足於天地之間。

不過，解決問題幷不能完全靠了慷慨激昂的熱情，把熱情化爲實際的力量，還需經歷從極熱處到極冷處的考驗與磨鍊。正好比把鐵燒得通紅，冷卻後再加淬鍊，才能成爲精鋼。

由於受到某種刺激而慷慨激昂，這是一種正常的反應。這種高尙的情操能够可貴到甚麼程度，要看從這個起點以後的作爲。不然的話，那便是外人嘲笑我們的「五分鐘熱度」。而救國大業是需要結合一切的智慧與力量，做終身的奉獻。在慷慨激昂之後，更須立大志，發雄心，不僅是以天下爲己任，更須鍛鍊自己能够把這千鈞重擔挑得起來。

慷慨激昂的熱情是可貴的，但更可貴的是能把這種熱情蓄積昇華，煥發而爲更堅强、更持久的力量。

六十年四月廿二日

讀書與救國

死讀書，讀死書，讀書死，即令是「三更燈火五更雞」式的苦讀，也是救不了國的。但是，救國畢竟不能不讀書。「學問是濟世之本」，知識即是力量，處今之世乃益感眞切。國家建設，經緯萬端，需要各種知識與各種人才。越是國步艱難之時，越是需要知識與人才的効命。對於關心國事的青年人來說，讀書與救國絕非互不相關，而正是一以貫之的事。讀書所以救國，救國需要讀書。

讀書並不祇是爲了掙取學位，裝點門面，而是能够具有「解決問題」的能力。救國的熱心本自天生，人人相去不遠；但是，救國的能力決於知識，知識力愈是精進充足，國家力量愈是堅實强大。

最近，由於釣魚臺列嶼的問題，引起了海內外中國人的憤慨，特別是各大學的師生，紛紛表達了他們堅決支持政府，維護國土主權的意見。這是中國知識份子「憂樂關天下」的傳統之發揚，也反映了一般國民的心情。

在這一連串的發展中，我注意到一個小小的揷曲，感到甚爲痛心。那便是關於釣魚臺一帶海底石油探勘的工作。這件事本來已由中國石油公司與四家外國油公司訂約，委託它們技術協助進行探測。可是，後來由於釣魚臺的主權發生爭議，外國公司奉其本國政府的命令要「置身事外」，乃以海面天氣不佳爲詞，連探勘船也開走了。

海底油田探勘是一門比較新興的學問與技術，世界上具有這種能力的國家還並不多。我們自己目前無此人才與設備，不足深病。但我擧此一事，意在說明知識與救國的密切關係。卽令釣魚臺主權並無爭議，卽令該地區的油藏果眞等於加州海底儲油量的兩倍，但我們自己若沒有探勘開採的人才與設備，豈不要望洋而興嘆，面對寶藏而無所措手？

在國力的總競賽中，知識力是其中的一環；在國力的總表現中，人才是其中的根本。國際人情如紙薄，重力而輕理，有一分力量就有一分發言權。力有未及之處，天氣隨時都會「不佳」的。對於海內外靑年朋友們爲釣魚臺而抗議、而示威，我懷有一份莊敬之意，但我覺得，這應祇是一個起點。天下大事未有單憑抗議示威而能完成的。知恥知病而後更要求新求行。解決問題的能力，在於知識，在於人才。所以，讀書應該不忘救國，救國必先努力讀書。

六十年四月廿四日

不全是姑息份子

前幾天，有幾位青年朋友行將出國深造，大家在一起談天，免不得講幾句臨別贈言。除了一般生活起居，治學研究乃至做人處世的許多問題之外，大家並就當前局勢交換一些意見。

關於最近共匪「邀請」美國桌球隊部分隊員與新聞記者進入鐵幕一事，這當然是事前已有「充分安排」的作業。在美國而言，這是一個具有危險性的嘗試，因爲這一所謂民間性的舉動，已引起世人對於美國方面動機何在的猜疑。自由反共的國家固然表示反感，蘇俄更是惴惴不安。美國某些人認爲這着棋的作用在減緩世局的緊張，事實上很可能是適得其反。

在共匪而言，這更是一大冒險。誠如林肯所言，「你不可能長久騙倒天下人。」鐵幕之內畢竟是見不得人的。天眞的美國人問，「我可不可以到中國人買東西的店裏去逛逛？」答案永遠是

「時間不够了。」更有人問，「劉君少奇今安在哉？」當然連答案也沒有了。

可是，由於美匪之間的接觸，在自由國家的民意間會引發一種「反美」情緒的擡頭，這也可以說是很自然的反應。而在知識份子間，便是對於美國「姑息份子」譴責之聲的增高。關於後面一個問題，我特別向那幾位朋友說明，我們心中應該有定見，但不可存成見。我們不可把所有與我們的立場和意見有所出入的人，一概視爲姑息份子。以美國的知識份子而言，議論龐雜、思想偏激者誠屬有之。但是，驟謂其「一面倒」向共匪則亦未必盡然。我們應該以誠懇、堅定而虛心的態度，根據道理和事實去解釋、去說服，而不做意氣之爭。

我並推荐魏鏞先生「美國知識份子的政治傾向」一文（見「海外學人」第十期），此文要言不繁，言論公允得體。譬如他分析美國知識份子趨向左傾的三項原因，美共在知識份子群中進行聯合戰線的影響，很有參考價值。特別是說到自由主義者「並無一定的政見及方針，意見變動不居」一點，可謂知人之言。

我一直認爲，美國某些知識份子對於中國問題發出謬論，固然是他們無知之過；但反過來說，又何嘗不是我們自己怠惰之失？撥亂反正，破除姑息，我們是有責任的。

六十年四月廿五日

遊說內幕

自今年七月中尼克森宣布將訪問中國大陸之後，引起國際局勢一連串的激變與動盪，聯合國之「排我納匪」，是其中發展的一個高潮。這種變化之發生，背後因素固多，美國左傾份子的遊說是很重要的推動力量之一。設在華盛頓的「美國支持世界自由協會」於九月間發表「中共及其美國友人：關於中共及其美國遊說報告書」，揭斥那些左傾份子盤踞學府，結黨營私，對美國民意與政府決策不斷進以遊詞而爲共匪利益服務的眞相。這一報告書是由耶魯大學教授，並曾主持亞洲協會的饒大衞博士等一群學者主稿。

「報告書」發表後，臺北有兩家報紙譯載，現在聯合報的單行本已經出版，全書一四〇頁，約八萬言。正文分爲八章，分別說明中共遊說團的背景，該團對中共的解說，美國對中共的政策，遊說份子的流行文章，遊說團的「意義」如何，遊說團與尼克森政府，「費正淸備忘錄」，以及饒大衞等對中共遊說團的總批判。寫作的格律超乎一般社論體辯難批駁的方式，而幾於學術論文。譯本中未見脚註，是其一短。但大體說來，這是以嚴肅的態度，謹嚴的規格，來討論一個重大的、足以影響歷史的問題。理應爲世人——尤其這一代中國人所重視。

全書中最重要的部分，應是第六、七兩章。從這兩章的記載中，我們可以看出今日尼克森政府的對華政策，大部分與費正淸備忘錄中的建議相脗合，有些部分且比費等的意見更爲「前進」而「積極」。

一九六八年十一月六日，尼克森擊敗韓福瑞而成爲總統當選人的第二天，費正淸備忘錄便已秘密地送交尼克森。直到次年一月尼克森就職以後，備忘錄的內容才經發表。「在機敏的政治觀察家看來，直可稱之爲專制的中共遊說團份子下達給美國總統的命令。」於是而「尼克森搖身一變而爲今之張伯倫……而且在張伯倫災情慘重的那手『未博到順子』的撲克牌——『這一代的和平』——的名義下進行姑息。」尼克森不僅背棄了國際間的忠實盟友，也背棄了那些認爲他是「自由鬪士」而投票送他進白宮的美國選民。

這本書是對於中共遊說團有力的指控與揭發，但却遠不足以概括中共在美國遊說活動的全貌；這只是冰山露在海面上的一角。

我們應該對「美國支持世界自由協會」這一番辛勤表示敬意；同時，也止不住反躬自省，中國知識份子對於這些醜惡而詭詐的遊說活動，是否也應該投以「學術階層」的努力，拿出一些研究與剖析的成果出來，以正世人之視聽？

六十年十一月十四日

知彼乎

知己知彼，百戰百勝。所謂知彼的工夫，不僅是知敵，也要知友、知世。美國對共匪的關係，自從尼克森總統決定要到北平去之後，成爲大家注目的問題。最近讀到一本小書，對此有冷靜、甚至可以說是冷酷的分析。這本書中所論，與中國人的「尊榮感」是不相合的；但是，很不幸的，有若干事實，即美國方面所具有的觀念與所採取的行動，與這本書裏的說法是相近的。

此書原名是 Remaking China Policy（重訂對華政策），中文本譯爲「美國對中共政策計劃書」。兩位作者是莫斯汀 (Richard Moorsteen)，與艾布維茨 (Morton Abramowite)，都曾在國務院任職。莫斯汀現任蘭德公司研究員，那是由美國國防部支持的研究機構。艾布維茨則在英倫戰略研究所研究。原書由哈佛大學出版社出版，曾獲國務院、國防部，與福特基金會的資助。出名執筆者固然祇有兩個人，實際則綜合了若干專家的意見與建議。把此書與華府近時舉措對照來看，則美國的朝與野，「建議」與「決策」之間，對這個問題有時是亦步亦趨，有時是若合若離。

此書的中文本，已由中國文化學院史學系主任郭榮趙兄節譯，中國研究中心出版社出版，全書十一章，一五九頁，自一〇二頁以後是附錄文件與近廿年來中美關係大事記。

此書全部內容，「乃討論一項程序——美國對中共政策的長期發展」；所提出的建議有兩點：一是「政策試探的起點，以通往所期望的方向」，一是「改善處理政策發展的程序」。特別聲明，「不提出長程的行動方向」。

書中所討論的是現階段美國對中共政策各種有關的因素和難題，「提出通盤檢討和考慮」；也提出「解決這些困難的方案，和對中共政策具體的建議」。這一部分特別值得我們注意。

美國人對於問題的分析與看法，可能與我們頗有出入；臺北可以對這些「不正確」的看法不予重視。但是，美國將要採取或者已經採取的行動，則與中華民國的利益有絕大關係，何容視而不見，掉以輕心？我們對於已經公開出版的資料，至少應該冷靜地，痛苦地加以研究，速謀對策。榮趙說，「不管人家能不能眞正擺布我們，但至少我們要知道人家是怎樣來思考我們的問題；只有如此，才能進而謀求應付之道。」所以，我才在此介紹這本令人不愉快的書。

六十年一月十四日

對的與錯的

「美國對中共政策計劃書」不是官方文件，但可以反映一部分官員的看法。書中的分析，有些是對的，有些是錯的。這一方面意味着美國人（不僅是政府官員）對於這個問題的徬徨與苦悶，另一方面也顯示出問題的確複雜。

譬如關於匪俄的糾紛，「中共看到（當然不是很樂觀的）利用美國對付蘇俄的可能。美國自然也可以利用改善對中共的關係，來限制若干蘇俄困擾我們的趨勢。」儘管尼克森再三否認，但美國的政略考慮中，聯匪制俄乃是一個無法掩飾的因素。可是，從印巴戰爭的結果而言，美國的這一如意算盤完全失敗了。

書中第一章是「臺灣」，眼前的問題是：「美國不會放棄對臺澎防衛的承諾。而中共改善對美關係的先決條件，是美國接受中共對臺灣的要求。」作者的答案是「一個中國，但非現在。」也就是說「承認中國領土完整，包括臺灣在內，但現在對既成事實，不作任何實際改變。」這是因爲：

第一、今日世界的和平，依賴美國的承諾太多了，「如果美國的承諾如此不可信任，則後果不堪設想。」

第二、中華民國政府，「比任何可能的改變爲佳。」

但這並非說美國政策天長地久，永不改變。美國要改變承諾，「必須合理而誠實」，改變的理由必須爲中華民國「瞭解和接受」，歸結是「美國將來的行動，要看中共的行動。」尼克森訪問匪區，當然也是「將來」之一段。

計劃書認定中共無力攻取臺灣。「中華民國政府當然必須存在。就目前說，國共統一，既不可能，也不一定需要。」

美國對中共改善關係的潛在利益，抵得上美國付出的代價嗎？書中坦白承認，「這沒有簡單的答案，因爲，這些利益既有相當距離，也不肯定；而所付出的代價則明顯而具體。」得失之際，美國人並不糊塗。

但，作者的議論也有極糊塗之處，譬如：

「最重要的是，我們希望臺灣歸回中共以後，能够繼續成爲一種刺激的力量，使北平在長遠的時間內，和亞洲各地建立一種穩定的、和平的關係。」我實在看不出這是根據甚麼邏輯？眞是哄小孩也哄不過去的癡人夢話。

在第七章裏，作者承認所謂文化大革命中，暴露了中共領導階層反毛勢力之廣泛與地位之高。因而建議，美國的政策應早作準備，「以便一旦毛澤東過去之後，能適應一種完全不同於毛的政策之可能。」我們可預料的是，這可能正是周匪恩來向美國傾銷的「商品」。同時，兩作者讚揚　蔣總統「意志堅定，權力鞏固。」在　總統領導之下，即使美國政策有所改變，「也不能使他的立場或政策有所動搖。」可是，他們加上一句惡毒的話說，「以後的情形如何，也許和現在並不一樣。」

類乎此等謬誤的觀點，中國人應該有所反擊——不止是罵罵「姑息份子」出出氣就算了的。中國人要把這種維護國家大本的論辯，昇格到學術階層，從理論到事實，要「拿話來說」。破非立是，要使天下共見。

五十一年一月十五

關於史諾

美國對共匪態度的轉變，是最近幾個月來的事。但共匪對美國朝野所作的功夫，却要追溯到卅多年之前。美國的左傾記者史諾（Edgar Snow）是一條十分重要的線索。

史諾其人於一九〇五年出生於密蘇里州堪薩斯城，今年六十六歲。曾就讀密蘇里大學新聞學院，一九二八年到上海在美國人辦的一家週刊服務。「九一八」事變時到過華北與東北，後來在燕京大學教書。民國廿五年，他經共匪潛伏在北平文化界的徐斌安排，轉道訪問延安。那徐斌便是後來在匪政權中任「人事部副部長」的邢西萍。

蘆溝橋戰事爆發時，史諾由北平逃出。周匪恩來之妻鄧穎超卽化裝爲他的女僕，結伴同行。以後他活躍於中國戰場上，乘間爲共匪從事宣傳。自民國廿二年他發表「遠東前線」一書之後，到五十一年的「彼岸」爲止，他一共寫過十本書，幾乎本本都與中國有關。

「彼岸」出版時，我還在美國做學生；因爲這本書使我把圖書館中他所有的舊作都借來。一一讀過，寫了一篇兩萬多字的讀書報告作爲學期論文。那篇東西後來譯出在「自由談」發表，並經「香港時報」轉載，今收入「文壇窗外」文集裏（由傳記文學社發行）。

史諾是最早到過延安的美國記者之一，也是從大陸淪陷後至民國四十九年第一個進入匪區的美國人，去年冬天他再度進入鐵幕，見到毛匪澤東。回美後在「生活」畫報發表文章，爲共匪的笑臉攻勢發出第一聲試探。季辛吉秘密旅行，尼克森的宣布要前往北平，都以史諾的活動爲原始的牽線人。

史諾的十本書中，以民國廿七年出版的「西行漫記」(Red Star Over China)，直譯應是「紅星照中國」最有代表性，言詭而辯，他利用新聞報導爲匪宣傳的本領，在此書中發揮得最爲巧妙。「彼岸」出版於民國五十年，他大力鼓吹共匪愛好「和平」，書出之時，匪軍正向印藏邊境推進，一時傳爲笑柄。史諾由是而沉寂無聞者幾達十年。直到最近尼克森政府要打開越戰的困局，對匪多方妥協，史諾乃又乘時蠢動，以「先知」的姿態出現。論其對一般民衆與青年的影響，恐已超過費正清之輩以上。

在是非混亂的時代，「僞先知」的出沒人間本屬常事。不過，由此一例亦可見共匪宣傳滲透的伎倆，三十多年前的一着「閒棋」，如今派上了用場。

六十年八月廿八日

（按：史諾於六十一年二月初在瑞士病死。）

失格的記者

一個國家在倒楣的時候，沒與一齊來。美國目前的情形是，政界人物軟塌塌，美金不值錢，連新聞界也失去了卓然獨立的風格。

紐約時報副社長，著名的專欄作家雷斯頓 (James Reston)，八月初到北平，見到了周匪恩來。據時報的報導說，到目前爲止，雷斯頓是與周匪談話得最久而且是惟一得以「單獨訪問」的美國報人。言下似不無得色。

雷斯頓與周匪談到越戰，談到匪俄交惡，談到共匪對於日本「新軍國主義」的恐懼，當然也談到了臺灣。雷斯頓居然離開了新聞記者的立場，以「半官方」的腔調說，「我們現在改變了態度。」他指的是聯合國席次問題。

周匪恩來大談「美軍撤退」，他說，共匪與美國之間的敵對形勢，不僅是美軍從越南撤退，而且要退出日本、泰國、菲律賓，然後才能解決。雷斯頓的報導中不得不承認，在他看來，這樣的條件「不是任何一個美國總統所能接受的。」

談到時報前些日子發表的美國國防部越戰密件，周匪對之「頻示讚美。」可是，當雷斯頓問到共匪方面是否也有類似的未發表的密件，可以讓時報來公之於世。周匪馬上說：「我們沒有那樣的密件。」

雷斯頓又問，共匪頭目們有沒有日記之類的文件可以登登報？周匪說，「我們沒有一個人經常寫日記，也沒有一個人要寫回憶錄。」雷斯頓碰了軟釘子。其實，爲時報着想，要拿得到劉少奇的回憶錄那才眞能「叫座」。

雷斯頓也記載了「川流不息」的晚宴盛況，紅燒海參、茅臺酒，吃荷葉粉蒸肉的時候，周匪還特別提醒他，「可別把荷葉吃下去。」

在共匪的天秤上，雷斯頓仍然是美帝資本主義的「走狗」之一，與史諾那樣的「自家人」不能相比，此所以他祇能見到周匪爲止。但時報畢竟還有利用的價值，周匪乃不得不對雷斯頓稍假顏色以示好。無論雷斯頓如何强調「我們現在改變了」，周匪對他的拉攏仍以利用時報來做傳聲筒爲限。將來任何美匪會談，都脫不了這個格局。

在二次大戰之前，美國記者訪問過希特勒的也有，戰後訪問過史達林的也有。但像雷斯頓訪問周匪這樣「窩囊」的似乎少見。今天的美國人，包括新聞界在內，也很需要莊敬自強一番。

六十年八月廿九日

史廸威事件

民國六十年中山學術、文藝、發明獎得獎者二十人，名單已於　國父誕辰前一日公布。其中有梁敬錞、錢穆、程發軔三長者，齒德俱尊，學殖深厚，冠冕羣倫，士林共仰。三老皆已年逾古稀，而抱道守恆，好學無倦，今出其近著與天下見，非僅為本屆中山獎增光不少，尤足為後學所效法。

梁敬錞和鈞先生，福建人，七十九歲。早歲服務於政界，中年以後旅居美國，在哥倫比亞大學任教多年，著述等身。「九一八事變」與「開羅會議」等書，久已享譽中外。

「史廸威事件」乃民國卅二年底至卅四年初抗戰勝利前夕影響國運與世局最重大事件之一。亦即開羅會議之後，雅爾達會議之前中美交涉發生罅痕之關鍵。梁氏以二十三月之時間，完成此一十七萬言之著作，「全書無一重要詞句無根據，」所貴尤在綜羅中美雙方原始資料於一編，「以儒學之胸襟，兼法家之謹嚴，鑿空衡平，合考據義理辭章，以成爲一代之信史。」這是此書的眞價值。

「史廸威事件」全書分爲十章，正文三七〇頁。商務印書館出版，中文參考書目十一種，其中「總統府資料」（卽大溪資料）卽達三十餘卷，此書是第一次在學術評論上公開引用，尤足珍貴。英文資料包括美總統、國會、國務院、國防部、陸軍部等檔案紀錄多件，學者私人著述一百四十一種，期刊論文又近百種。作者博綜中外，洞徹表裏，敍事論理，屛絕意氣。在如山鐵案中反映歷史之眞實，不僅使世人明瞭中國在當時之處境，同時亦可見共產黨徒陰謀活動之無所不用其極。

我在政大所開「現代文選」一課，除新聞系同學外，本期選修者有外交系畢業班同學十餘人。我指定他們讀的第一本參考書就是「史廸威事件」。在我心目中，外交人才折衝樽俎，口才機敏固屬切要，而其任務之成敗尤賴於謹嚴細密的態度與堅忍獨立的精神。梁先生此書在學術上啓示後學研究複雜問題的方法，在政治上則使人瞭解重大交涉之法度。其價值固不僅在辯明一時一事的是非黑白。

中國人治學的最高境界，在於大智圓通。而於方法往往不够謹嚴，其短處是易陷於主觀的做固；研究資料豐富的近代問題，如何駕馭材料，從史料中推求歷史的眞相，梁先生這本書是很好的一個例證。

讀此書而感到惟一之遺憾，是中國人過分講求克己復禮，容忍讓人。其實，這樣的一本書應該在二十年前發表，則其影響或不僅在「學術價值」了。一嘆。

六十年十一月十九日

朱子新學案

錢穆賓四先生今之大儒，江蘇人，七十七歲，本年以「朱子新學案」榮獲中山學術獎。先生曾說，「在中國學術史上，若論博大精微兼而盡之的學者，孔子以下，只有朱子，可算得第二人。」朱子是集孔子以下學術思想之大成的人物，錢先生的新著則是七百年來對朱子學說研究的總結與闡揚。

錢先生少年苦學，壯歲以「國史大綱」一書名震學林，世遂以史學權威尊之。其實，先生的學養著述出入於文哲學，正是中國傳統文化中「讀書人」治學問道的典型。

「朱子新學案」全書五卷五十八章，凡一百二十萬言，是錢先生近六年來的心血結晶。此書於今年國慶日出版，由三民書局經銷。未出版之前，就已爲國內外研究中國國學的學人專家們所注意。

十三年前，錢先生曾在香港出版「學籥」一書，其中收有「朱子讀書法」與「朱子與校勘學」兩篇，前者引述朱子教人讀書「最精要語」再加闡發，言淺而意深，可以當作「朱子新學案」的入門。謹錄數則於次：

「或曰：讀書須是有精力，至之日，亦須是聰明。曰：雖是聰明，亦須是靜，方運得精神。蓋靜則心虛，道理方看得出。」

「讀書無別法，只管看，便是法，正如獃人相似，捱來捱去，自己卻未要先立意見，且虛心，只管看。看來看去，自然曉得。」

「凡讀書，先須曉得他的言詞了，然後看其說於理當否。今人多是心下先有一個意思了，卻將他人說話來說自家底意思，其有不合者，則硬穿鑿之使合。」

「讀書若有所見，未必便是，不可便執着，且放在一邊，益更讀，以來新見。」

「學者不可只管守從前所見，須除了方見新意。如去了濁水，然後清者出焉。」

「看文字，須仔細，雖是舊曾看過，重溫亦須仔細，每日可看三兩段。不是於那疑處看，正須於那無疑處看，蓋工夫都在那上也。」

「讀書須讀到不忍舍處，方見得眞味。若讀之數過，略曉其義，卽厭之，欲求別書看，則是於此一卷書，猶未得趣也。」

「看文字須是如猛將用兵，直是鏖戰一陣。如酷吏治獄，直是推戡到底。決是不恕他方得。」

「讀書法」原文萬餘言，除前引朱子原文外，錢先生的按語亦極精闢。此處不能詳加引述。初意只在使讀者從而略見朱子治學的要旨，和錢先生論學於謹嚴之處時時流露出來春風化雨般的情趣與精神。有此準備而再去讀「朱子新學案」，當更能「白直曉會」，得識高雅。

六十年十一月廿日

中俄國界圖考

程發軔先生，湖北人，七十七歲，所著「中俄國界圖考」爲本年中山學術獎另一重要收穫。此書全文五篇，三五七頁，附界圖十二幅。由蒙藏委員會出版。中俄兩國邊界，長約一萬一千餘公里，近世糾紛滋多，而中國常爲受害的一方。自清季中俄訂立界約以來，我方先後損失領土約二百一十九萬七千方公里，與台灣省面積三萬六千方公里相較，則失地之廣，約等於六十一個台灣，佔我國土總面積五分之一强。中俄交涉，我國既非無理，更未戰敗；俄國不發一矢，未折一卒，僅憑折衝談笑間數紙約文，竟使我失地如斯之廣，誠世界史上所未有。所以，關於中俄國界的討論，實應爲我國近代史上一大節目。我年前讀此書，正當匪俄因邊界爭執而發生衝突之時，曾在「綜合月刊」的每月專欄中介紹此書，希望大家重視這個問題。

程先生的書中，以清康熙廿八年（一六八九年）尼布楚條約為始，至宣統三年（一九一一年）的滿洲里界款為止，在此二百二十二年之間兩國有關界約，一一敍及，而且對於締約前談判的詳情，當時的背景，都詳為敍述，以使人窺見約文以外的交涉全貌。所以，此書的內容，與歷史、地理、政治、外交皆屬有關。作者以史書檔案為據，取材精謹，論斷警闢。結論中指出中國邊界之屢被蠶食，最主要的原因是無人才、無地圖、無政策。先說無人才，「當時分界大臣，固非有心讓地，委緣才識庸闇，平日不察閱輿圖，考求形勢；一旦身膺重任，躬與界務，到彼之後，直如盲人瞎馬，夜臨深池。加以彼族要挾逼迫，凡事不如俄人之精熟，不得不拱手奉命，一聽客之所為。」次說無地圖，我國輿地之學發明甚早，周禮：「大司徒掌建邦土地之圖，與人民之數。」但經歷千年，鮮有改進。咸同之世，中俄勘界地圖無不出自俄人之手，每在交涉時，「由俄人信口開河，任意移山，不知斷送多少土地。」如曾紀澤所說，「俄國言輿地者，有專科，有公會，某處界址如何，阨塞如何，平日卽已了然於胸，臨時自用其所長。」清廷所派之人，夷險不明，東西莫辨，「張口自坐雲霧之中，如之何其無失也。」可謂痛切之至。論人才是盲人瞎馬，論地圖是自坐雲霧，總起來是平時無研究，無學術，事事受制於人。由此可見，所謂國防力量，不僅是敢死的士氣，精銳的武力，而尤須以學問為根柢。韜略宏謨，還是要從學問中來。讀「中俄國界圖考」予人最深刻的印象是，單純的學術不一定能富國強兵；可是，若是一國之人無學問，不重視學術，則國家可以不經一戰而卽陷於危亡。

六十年十一月二十一日

高級與大衆

中華文化復興委員會於七月廿七日舉行第四次大會，在聽取了五項工作報告之後，還有一個專題報告，由顧翊群先生介紹「美國人文學者克勒區氏之思想」。這個講題出現在議程中，乍一看，不無意外之感。

克勒區 (Joseph W. Krutch, 1893–1970) 是美國當代著名的文藝批評家，又頗著力於人文思想的鑽研。顧先生提到他的人文三論，即「現代人之心情」、「人之衡量」、「人性與人之現狀」。他主張人與自然應當和諧相處，反對人類過度迷信科學，尤其反對現代學術界將實驗科學的方法，用於心理學和社會學。顧先生認爲克勒區的胸襟懷抱，足可與我國的莊子相比擬。「生平著作等身，就中有多種被公認爲傳世不朽之作。」

克勒區在美國思想界頗受尊敬。但是，據我粗淺的瞭解，他似尙不能代表美國當前思潮的主流。美國人對他的學說並未能够虛心接受，折服嚮往，這應該說是「曲高和寡」的緣故。

但是，顧先生這次演講，並不只在介紹克氏一家之言，而另有其深意。他所說明與介紹的有以下三點：

第一、引述克勒區等人的著述，說明文化活動絕非復古，而是「要保留下歷史文化中的精華。」國內學者目前從事的「古籍今譯」，正是這一類的工作。

第二、引述史諾（C. P. Snow, 此人是英國科學家，曾受封爵士，與最近前赴匪區「朝毛」，在「生活」畫報上大放厥辭的美國記者史諾同姓不同名，兩人並無關係。）提出的「科學文化」，與李維斯提出的「人文文化」之論戰；克勒區認爲科學技術有時而窮，人類如果完全爲科學技術存在，無異是自取滅亡。

第三、顧先生說，如將文化區分爲高級文化和大衆文化兩大類，中國知識份子幾千年來所追求的都是高級文化，也就是要全力追求向上，以求智慧之圓通與道德之完滿，以成就大一統的格局。利用厚生已非上乘，更不必說如何取悅於大衆，當然不在考慮之中。而克勒區對當代美國文化思想之痛加針砭，其理想與胸襟與中國知識份子頗有東西同調之感。

我很佩服顧先生的見地與苦心。今天知識份子所面臨的問題之一，正是這「高級」與「大衆」之間的矛盾。在我看，這也正是中華文化復興委員會所面臨的難局。大衆文化——至少是大衆文化中的某些部份，頗以能取悅大衆而滿足，而自豪，少有追求「高級」的氣概。如何使兩者之間的差距接龍，是一個應該討論、應該解決的問題。

六十年七月卅日

文化的聯合國

第一屆世界廣播電視民俗藝術節目觀摩會，十一月廿二日在台北舉行，有十幾個國家的代表來我國參加。國家安全會議秘書長黃少谷先生應邀在開幕禮中致詞。他談到一般的文化工作，更特別提出新聞、廣播與電視。

黃少老是新聞界的前輩，抗戰前後，辦報有年。從政以來，以忠勤縝密為世人所推重，平日絕少對外公開發表言論。每有所言，皆有其卓越的見地。在這次的講詞中，少老提到我國之退出聯合國。他說，「今後我國在國際上的活動，不但不會因此而削弱，而且會擴大增强，除了拓展政府間之外交關係外，更要對所有國家促進經濟貿易和文化關係，切實展開民間的接觸聯繫。」他强調，「我以為，我們可以通過文化藝術交流與國民外交工作，和各國之間建立起文化的聯合國，藝術的聯合國，與民間的聯合國，去替代那個因牽入毛共匪幫而被它所汚染的聯合國。」一這是從聯合國被「汚染」以來，我所聽到的最富於「清新意味」的一番言論。如此確切不移地肯定了文化藝術在今後救國大業中的價值與任務，黃先生似是第一人。文化藝術絕不僅是太平盛世的點綴，而是足以在搖撼攉夷之際，使民族生命「剛健煥發，可大可久」的主導力量。「文化的聯合國」之構想，正是文化力量實際發揮的一面。

過去，有些不甚瞭解東方的外國人批評我們是「泛政治主義」，其意似謂東方的一切社會活動，都或多或少受政治的影響，甚至於依附政治，以政治作爲價值批評的標準。這種說法可能別具用心，有失公允。但是，我們如果虛心檢討，亦不能不承認外人的酷評尚非完全無的放矢。單就社會心理而言，許多人視「文化」爲空泛，視「藝術」爲消閑，不知不覺之間，使文化藝術在國民生活中居於「客位」，此誠文化藝術的不幸，亦是現代中國的不幸。中國人以五千年文化自豪於世，但是，除了祖先遺澤之外，我們這一代人在文化藝術方面究竟拿得出多少東西來承先啓後，眞是問題。

往者已矣，來日可追。在退出聯合國以後，舉國朝野殫思竭慮以謀其成的，是如何打開「孤立於道義之上」的局面。藉重文化藝術的交流，透過民間的渠道，嚶鳴求友，自助人助，是今後政府與國民必須一體推動的工作。

文化的聯合國，藝術的聯合國，是一遠大的構想，怎樣促其步步實現，值得大家深思長考，熱烈討論。

六十年十一月廿六日

文化與經濟

爭自由，反共產的戰爭，是總體戰，也就是其大無外，其小無內的文化戰。每一個人隨時隨地都置身於這場戰鬪之中；尤其我們這一代中國人，實在沒有甚麼別的選擇。

聯合國之變猶如一場暴風雨。這場失敗刺激了人們的良知；我們聽到了許多激昂慷慨的名言讜論，許多椎心泣血的檢討批評。這一痛苦的失敗經驗，給我們的第一個教訓，應該是「面對現實」。國家遠大的目標是不變的，但更要緊的是，我們在現實環境中應該做些甚麼，能够做些甚麼，來打開困局，開拓前途。

很多朋友認爲，當前最重要的是經濟；內則安定民生，厚植戰力，外則發展貿易，藉貿易的交往以彌補外交戰線留下的缺口。

這話我也同意。處今之勢，强調經濟建設固然有更大的「現實感」，然而同樣也應該强調的，是文化作戰。外交是官式的接觸，文化是民間的往來。當前一條路不能暢通無阻的時候，後一條路就顯得格外重要。

我不敢貶低發展經濟與貿易的重要性，但是，順著這個路子走下去，很可能趨向「在商言商」。再說得清楚一點，有錢賺的生意，總會有人做。靠經濟與貿易雖可得「友」，未必多「情」，眞正的朋友，還是要從更深更廣的文化交流中求之。不從此道贏得他人的瞭解與敬意，而全靠香蕉蘆筍，非棉紡織，電子加工，都還是不够的。別的地方也可能有那樣的產品，別的地方也可能同樣有錢賺。經濟建設是我們的可誇耀的長處，但却不是惟一可誇耀的長處。在打算盤與看賬面的時候，切勿忘了還有「復興中華文化」。賬面上的數字，正如同會場裏的投票紀錄一樣，也會升降起伏的。在有了聯合國的經驗之後，我們應該有此勇氣：敢於預計在最壞的情況之下，做最好的努力，打最艱苦的仗。

文化不等於宣傳，但是，成功的文化活動正是最有力的宣傳，不論對內對外都是如此。現在所需要的文化工作，不祇是開大會，發宣言那些老法子了。「文化」是個抽象的名詞，今天所需要的，是要拿出一些比較具體的東西來，讓人看得見、聽得見、抓得住、或感覺得到——

讓世人明瞭我們屹立在此，我們的信心無所動搖，我們的奮鬪絕不衰歇。一首歌，一支舞，一篇小說，一幅圖畫，都要能顯示出來我們的確有莊敬自強的眞精神，的確能鼓舞我們奮發向前的鬪志。我們從前是，將來也仍是一個元氣淋漓的民族。

六十年十一月廿七日

大目標以外

有一天，去看一位朋友，他的辦公桌上擺著好高的紅色卷宗，像一垛牆。我怕閒談會妨礙他的公務，他說不要緊。日常的公文也許已經不是最重要的事，他說，此刻應該想想，如何使今後的工作 more meaningful——他所指的更有意義，是說應該如何做，才能與當前的「國家目標」更有直接關係。

我的建議，縮短「戰線」，抓住重點。工作項目寧可少，但根要紮得深。

我的話很外行，我並不太瞭解那位朋友的工作性質和範圍。我的直覺是，政府機構目前「列舉」的任務太多太繁，結果是樣樣淺嘗輒止。服公職的人不能多講個人的抱負，因爲在個人之上還有許許多多的典章制度，該做與不該做，能做與不能做，都已有了一套「客觀」標準。一個負責盡職的公務員，好比一個練拳的拳師，面前有太多的「沙袋」。他得不停地打沙袋，也費了氣力，「辦事」的歷練增加了，但辦事的成果却並未可大可久。法令規章繁密周備，機關組織疊床架屋，好像是一個又一個的沙袋，拳師在沙袋陣中流汗，用盡氣力仍不免感到空虛。他感到所付的精力與工作的成果並不相稱。

以文化作戰來說，人人肯定其重要，但却只有很少的人能够具體指出，在當前環境之下，最緊要的文化工作是甚麼？我們能够做到的是甚麼？優先程序如何決定？未來績效如何評估？這一陣，大家聽够了理論，談够了原則，現在，應該是暫時拋下「義憤塡膺」，冷冷靜靜研討實際做法的時候了。

文化作戰有如經濟作戰，需要政府的倡導，更需要國民的協力。文化活動不似經濟活動那樣的集體化，但現在也絕不是「各自爲戰」的時候。我相信，今日的知識份子，都抱着與我那位朋友相同的想法，希望自己的工作能够更有意義，對於國家目標的推進與完成，多多少少能盡自己一分力量。如何磨練個人的才藝，是每個人自己的事，如何使這些才藝發生相乘相加的統合作用，政府方面的倡導實不可少。

文化工作不似經濟貿易那樣可以用具體的統計數字來表現盈虧，但是，「四年經濟建設計劃」那樣的設計規劃，仍然值得師法。

復興中華文化是一個大目標，這個目標，就是在反攻大陸之後，也難說百分之百達成。可是，我們總得有分部分段的計劃，並且因應客觀情勢的變化，向前邁進。光有一個大目標是不夠的。

六十年十一月廿八日

文化戰的司令部

如果把政治、經濟、軍事、文化都認爲戰線的話，我們國家最弱的一環恐怕是在文化。其所以如此，原因也很簡單：第一、究竟何謂文化工作？究竟政府對於文化工作可以輔助、領導到甚麼程度？似很難做一個清楚的界說。第二、由於前面的問題有許多的「不確定」因素，所以政府用在文化工作方面的力量，包括機構、人力、物力，也就與其任務不成比例。應做的事太多，能做的事甚少。

截至目前爲止，文化、教育、宣傳，有時是分開來談的，有時又不能不合在一起。政府多年相沿下來，教育是主體；中央在教育部之下設文化局，還是最近幾年的事。究竟教育是文化的一部分呢？還是文化是教育的一部分？正好像有人問，究竟誠實包括信用呢？還是信用包括誠實？

我也說不清楚。

對於現行體制，此處不想加以批評，亦不認爲有立加更張的必要。但要指出這一事實，文、教、宣系統的機構中，在政府有教育部、行政院新聞局，在執政黨有中央第四組，在軍方有總政戰部，陣容似頗不弱；可是如果與政治、軍事、經濟等部門來比的話，孰重孰輕，一目了然。即以經濟而言，財政部、經濟部、交通部、國家行局、國營公營事業，組織嚴密，節制分明，從中央到地方，有完整的體系。文化戰的組織則頭重脚輕，而且任務紛繁，事權不專。教育方面界線還比較清楚，文化宣傳牽涉就廣了，往往一件事可以有許多機關「表示異議」，因而就不能「行」。很少有一個單位對於某一件事能够獨斷獨行的。

從建制機構往上看，行政院有財經會報，有經合會，在決策，在協調，發揮了經濟作戰司令部的功能。在文化工作方面，却沒有這樣領導決策的上層組織。每一個有關單位就其自身職權範圍內盡力去做，難免有點兒各自爲戰的味道。

今天，如果大家認爲文化作戰的確很重要，與政治、軍事、經濟作戰的意義同其重要，則應該考慮建立一個强有力的文化戰司令部，從事通盤協調與長期規劃，它不但要有設計的「能」，也要有監督考核的「權」。

中華文化復興運動推行委員會本來最接近這個司令部的構想，但它既非政府的正式組織，也不是純粹的民間團體，它很受社會的尊敬，但它對任何機構或任何人都缺乏強制的約束力。社會的敬意以對人的成分居多，而並非尊重這個組織的權與能。所以，它目前還負不起司令部的任務和功能。

六十年十二月三日

農復會式的文復會

中華文化復興運動推行委員會，由　總統兼任會長，委員人選網羅了當代名流、學者專家，極一時之盛。但由於這個機構既無法定的權責，又缺乏由下而上的羣衆基礎，推行工作就很難紮根。加以預算有限，除了維持處理日常事務的人員之外，出了一本月刊；實際負責的各位先生已經盡到了力量，但因爲組織本身的性格與權責不够明確，績效如何，令人實難以做過高期待。

文復會委員陣容相當整齊。有的是廊廟柱石，功在國家；有的是經師人師，士林重望。但這個優點同時也正是缺點。優點是因爲擁有這些有份量的人物，增强了文復會的號召力。缺點是委員們平均年事偏高，二十來位常務委員中，七十歲以下者不多。而他們的本身工作太忙，今年七月間舉行第四次全體會議，常委出席者十人，請假者八人；委員出席者七十一人，請假者五十一人。看那份名單，使人很容易體諒他們的困難，那些人實在太忙了。一兩百人開一天的大會——無論是多麼見解高超，才華出衆的人，也很難開出甚麼具體的結果來。聽取報告是可以的，討論問題，交換意見就不夠；要從事長期性的規劃，恐怕非得別闢蹊徑不可。

在現實環境之下，寄望文復會享有財經會報和經合會那樣的權能，未免期之過高，短期間很難實現。在經濟系統方面，我們有一個農村復興委員會，工作極切實，成效昭彰，爲中外共見。所以，我有這樣一個想法：政府是否可以成立一個「農復會式」的文復會，來推動、充實當前的文化工作。

農復會聘任的人員，水準極高，學養俱豐，幾乎每一位都是他本行之內的專家。他們的待遇比一般薪水階級高得多，但是沒有人兼職旁騖。如果以用人多少與工作績效高下來比的話，農復會應是效率最高的機構之一。臺灣農村的繁榮與農業的進步，農復會功莫大焉。

文化與農業當然是兩回事。但兩者之間有一點相同之處，那便是需要較長期的耕耘，才能收到效果。農復會本身並不負責執行，但它研究與設計的成果，都可以有效地在農村中推廣實施。引進新的作物，改良原有的品種，介紹新的生產經營的方法，他們也是一步步來的；但是，每一個計劃都入土生根，所以能逐年累進，日增月盛，以至於今。

我們强調文化作戰的重要，就不能不從充實司令部的權能與組織爲開始。「農復會式的文復會」，似乎是一條值得試行的道路。

六十年十二月四日

工作要生根

有位新聞同業從西德來，在臺北和金門訪問了十來天，獲得相當深刻的印象。他對我們的經濟建設最表讚揚，對於我們民心士氣之振奮，觀感亦佳。不過，對於某些髒與亂的情形，難表恭維。他說他訪問過中華文化復興委員會，承會中人士送給他一本「國民生活須知」，他稱之爲「黃皮書」；有人向他解釋那本規範的內容，譬如「行車走路，不可爭先」等等。他告訴我，在親身經歷了中山北路「馬路如虎口」的緊張情況之後，他寫回去的通訊中有這樣一句得意之筆：「那本黃皮書對於臺北市民的作用，正如同聖經之於華爾街。」

我引述這段話，不是爲檢討臺北的交通，而是要討論文復會的工作，甚麼應該做，甚麼可以不做。我感覺，像「國民生活須知」的規劃擬訂與徹底推行，應該是政府機關分內的責任。非官方機構的文復會來主持推行，這種全面性、長期性的工作，很容易流於「坐而言」而不是「起而行」。因爲它受到本身條件的限制，充其量僅能使人「須知」，却無法令人「必行」。

爲使促進國民生活的現代化與合理化，當然是極重要極有意義的工作。我所謂文復會可以不做，理由很多，最簡單的一個是：以文復會現有的組織與力量，實在無法承當這樣全面性長期性，甚至永遠做不完的任務。國民生活的最低標準，可以由法律去約制；國民生活的最高標準，必須在教育之外，更輔之以文化、學術、文學、藝術等力量去追求實現。在當前「文化作戰」的要求之下，恐怕更需要多多致力於文化工作的對外開展。也許這就是文復會目前的當務之急。

但所謂「急」，絕不能有匆匆急就，表面文章的意思。擧例說，假定大家認爲音樂很重要，就應該全盤檢討我們的音樂有些甚麼問題，不及其他國家的地方在哪裏？我們可以發展的長處在哪裏？我們應不應該有一個合乎世界標準的音樂堂？如果應該，誰來蓋？誰出錢？我們音樂科系的課程是否够充實？應該如何再加强？師資是否都够水準？應該如何繼續培養？如何藉了邀請國外音樂家到臺灣演奏以提高國內的音樂水準？更重要的是，如何使現有的和將來的音樂人才，把他們的才藝能充分投注在文化復興運動裏，積極發揮出文化作戰的效力；政府各部門應該如何興利除弊以幫助音樂界更能活躍起來？

單單音樂，初步想來已有這些問題，也許還不止這些問題。其他部門也是一樣。文復會如果能够成爲農復會式的組織，抓緊重點，深入研究，拿得出具體的方案和預算來，然後交給有關機關去執行。那怕一年做一件，這一件事也生了根。所以我的建議是，戰線要縮短，工作要生根。

六十年十二月二日

進一步瞭解

十二月三、四、五日的「三三草」中，我曾談到當前的中華文化復興工作，也對於中華文化復興運動推行委員會提出一些建議。最近接到文復會秘書長谷鳳翔先生來函略謂，「所言中肯合理，建議事項尤具價值，」表示獎勉之意。

關於文復會的工作，谷先生說，「本會依照規定，負策劃推動之責，實際執行業務皆透過黨政機構納入年度計劃實施。」文復會於五十六年七月廿八日成立以來，就訂定了「中華文化復興運動推行計劃分工實施進度表」，分爲短程、中程、長程等計劃，列舉工作類別、實施要點和辦理時間，由各有關機關執行或協辦。每年並有「推行重點工作計劃」，五十九年又訂定了「再推進計劃綱要分工實施進度表」，經政府各部會辦理之中。

關於「國民生活須知」的推行工作（因爲拙文中對此有所批評），谷先生的信中說，是由文復會下面的國民生活輔導委員會負責推動，「實際上由臺灣省政府、臺北市政府全面推行。」至於我提到的「加强文化工作對外開展一節，今後當聯繫有關單位積極研辦。」

谷先生的信上最後一段說，「中華文化淵博精深，推行工作尤是百年大計，誠如所言，須長期耕耘，其效果實非短時間內所能顯見，似與農復會指導改良農產品易見功效，稍有差距。本會當依照所示，努力以赴，唯亦有待全國人士熱心協助推動。」

谷先生對我的指教，我非常感謝，獎掖之處，實愧不敢當。書生議論，出於關切文化復興工作的肫誠，長者不棄微言，不以冒昧見責，對於寫文章的年輕人是很大的鼓勵。我將谷先生的大函摘錄，在使讀者對於文復會的工作有更進一步的瞭解。

文復會成立至今，不過四年多，而文化復興工作，千頭萬緒，絕非短時間內就可以見到具體效果的。這一點，我在前文中也曾提到。以操切之情，對文復會的工作寄予過高的期待和要求，是不公平的。文化界人士對於文復會開創以來的工作成績，並沒有甚麼意見；但是對於未來的做法，則希望進步再進步，充實再充實。拙文「農復會式的文復會」的建議，著重在組織、權責、人才、經費和工作方法上，希望文復會能够向農復會看齊。當然，談到權與錢，谷先生以秘書長的地位，可能不便表示意見。我願從一個國民與知識份子的立場，反映文化界這一點心願，要爲文復會，也就是爲中華文化復興工作有所爭。如果文復會具備農復會同樣的條件，相信文化復興和農村復興一樣，紮根結果，可以計年而程功。

六十年十二月廿五日

「農復會式」一解

目前發表「農復會式的文復會」一文之後，有幾位熱心的朋友和讀者要我作更具體的說明，究竟我心目中所謂「農復會式」的是怎樣的構想。

第一、先談「人」。農復會委員人數極少，不過三五位，下有十多個組，全部用人不過一兩百位。除少數管理人員外，絕大部分是專家和技術人員。他們的待遇比較優厚，但工作效率極高，用人惟才，「八行書」絕對無用。我個人認爲，最要緊的一點是：農復會沒有兼職的人。反觀文復會的成員，雖皆一時之選，自中央院部的首長到地方的省主席，本身責任綦繁，與農復會委員之能全心全力放在「農村復興」工作上者，顯有不同。

第二、再說「錢」。農復會所用的經費，手邊祇查到較舊的資料，從三十八年到五十三年的十五年間，該會共用了美金七、一〇六、四〇〇元（以四十對一，等於新台幣二八四、二五六、〇〇〇元），新台幣部份的相對基金是三、六九一、四五九、八二七元；兩者合計爲新台幣三、九七五、七一五、八二七元，十五年間用了將近四十億元，每年平均約爲二億六千五百萬元。這數字誠然相當可觀，但如果把今日農村繁榮，農產增加的效益來作一對比，則又不能不承認這些錢用得實在值得，而且有了豐厚的「報酬」。

處今之勢，我們不容强調「萬事非錢莫辦」；但如果過分依賴「精神勝於物質」，則亦未免不切實際。農復會的許多計劃拿出去就能夠辦得通，就能夠有效驗，充足的經費是一不容抹煞的重要因素。

文復會有多少經費去推行工作計劃呢？

第三、最後說「工作」。農復會在前述的十五年期間，在台澎金馬一共完成了六千一十項工作計劃。這些計劃種類繁多，性質各殊，但也有其他共同的特色，那便是每一計劃的範圍和目標都很明確，因此其執行之後的效益得失，都可以具體衡量。

根據「農復會廿年紀實」那本書，該會工作目標與原則，第一項就是「提供協助，應配合農民實際需要」。這一點似值得文復會諸先進的參酌。文化界——概言之，如學術、文學、美術、音樂、電影、戲劇、體育……都有許多的實際需要，仰望文復會的研究發展，提供指導與協助。

在「交由有關部會辦理」之外，希望文復會與文化界之間的直接聯繫更爲加强。「試驗室」與「田間」的工作齊頭並進，必能有更豐碩的收穫。

誠如谷鳳翔先生所說，文化復興的進行，是百年大計。文復會與農復會的工作不盡相同，兩者難以類比。我所冒昧陳詞者，是希望政府能使文復會至少能具有農復會那樣的實力與基礎。以復興農村的經驗，作爲復興文化的參考。

六十年十二月廿六日

教師訪故宮

復興中華文化是一個大題目。究竟應該由誰去做，如何做才最爲有效，值得不斷地研究實踐。

我們常常說，中華民族有五千年的文化。台北外雙溪的故宮博物院便是最具體、最生動的證明。那些金石、陶器、書畫之精華，閃耀著中國人的智慧光華。故宮的收藏乃是民族遺產中的精華，值得我們每一個人引以爲榮。參觀故宮博物院，是中國人的一種權利，也是一種義務。

最近，台北市教育局與故宮博物院決定，在暑假期間招待全市各公私立中小學校教職員免費參觀該院。時間是自七月十六日起至八月底。由事先聯繫後，每次可接待一百五十人，參觀時有專人陪同說明。這是很有意義的一項安排。

我在歐美各國曾參觀過若干有名的博物館和美術館，看到他們對於如何吸引民衆到館參觀，都有很積極的做法；其中尤以中小學教師更是必須爭取的對象。因爲每一位教師都有數十數百個青少年學生；教師對博物館的認識越清楚，瞭解越深刻，則必能直接間接影響到下一代。短程的效果是培養了到館參觀的「新人」，長程的影響則是使青少年們能因參觀文物而對於本國歷史文化生愛慕敬仰之情。這便是活的教育。

在外國的某些博物館，其負責接待的單位中都有專為向教師們負責解說的人員。有些館中更設有講習班，歡迎教師們參加聽講——這是因為教師與一般參觀者不同，他們不僅自己看過算數，而且最好還要能講解給學生們聽。由教師而學生，由學生而一般民衆，這是非常重要的一環。所以，博物館當局對往訪的教師們往往要提供一些特別的資料，內容不必講求精美完備，但卻要能概括全局，深入淺出，而又與中小學校的教材有配合的作用。這一點或有值得參考之處。

中小學教師平日工作繁重，甚少閒暇，儘管外雙溪近在咫尺，能經常去參觀的人可能不多。市教育局與故宮博物院這次暑期參觀的計劃，用意極佳。希望各校當局要儘量給予方便，譬如協助安排交通工具，最好能備簡單午餐，使大家能盡興做竟日之遊。此外，更希望在開學之後，可以由教師率同國中與國小高班次學生去集體參觀。每個學生一學期至少去看一次，也就無負祖先千百年來的心血創製與辛勤保藏了。這一做法如能由台北市而推廣至全省全國，自然影響更大，也更有意義。

六十年七月十一日

精神面

日本作家內村直也前些日子到台北來，和這裏的朋友有一個很小型的聚會。這位銀髮滿頭的中年人，原名菅原直，內村直也是他寫作用的筆名。

內村是一個多方面的人物，他除了爲報紙雜誌寫文章，還寫電視劇本，撰寫歌詞；在台北短短的三天旅途中，每天早晨與東京通長途電話，向電視公司發表他的旅行觀感，臨行的前一天，還在爲日本某一大報寫文章。在我「一面之緣」的印象中，內村可以說是一個典型的大衆傳播時代的文化人。

此外，他還有另外一個職務，那便是日本聯合國教科文組織文化委員會的主席。日本朝野對於聯教組織的工作，推動甚爲積極。在日本進入聯合國之前，他們就已注意到從教育、科學、文化方面去打底子，這種心理背景與韓國正復相同。漢城的聯敎大厦也是很壯觀的。

內村說，日本也正在籌建一座聯教中心，地皮由民間捐贈，籌辦經費則由政府支持。

說到聯教組織的工作，內村認爲很有意義，不過，他也頗有感慨。他發現，在日本，這個組織的工作似乎越來越偏重於技術方面，而忽略了思想方面，這是一種不幸的偏向。

那天聚會的主人說，世界上大多數國家，一談到發展，首先想到的便是經濟，因爲經濟的成果最容易看得出來，有數字，有統計，具體可徵。過分强調經濟之後，自然而然便會傾向於科技發展上去。大家未必故意如此，但事實是思想與人文科目被冷落了。其實，任何事都要由人來做，人的思想、觀念、態度，遠比物質建設更爲重要。主人說，「在這方面，我們東方人有些東西是値得讓西方人效法、反省的。」

內村對這一點表示完全同意，連聲說，「是的，我們有些東西。」忽然他問我，「你說究竟甚麼是幸福？」

我說，幸福如夢，人人所見不同。在我想，「幸福就是心與物的平衡。」

從朋友們的談話中獲得這樣一個印象：心物平衡，天人合一，不僅是個人追求的夢想，也是聯合國應該努力的方向吧。祇看物的數量，忽視了精神的提高與充實，這是人的悲劇，也是聯合國內外種種混亂的根源。

六十年三月十四日

知人與舉才

中華民國五十六年十一月間，中國國民黨舉行某一重要會議。總統曾以總裁的身分在會中致詞。講詞後經印行，題爲「十九世紀以來亞洲的形勢和我們復國建國的要道」。正文分爲六章，一〇四頁，以供黨內同志研讀、實踐。最近，「中央」月刊第四卷第二期特節錄這篇講詞第五章「復國建國的要道」裏面的第三節，列之卷首。「中央」月刊在海內外公開發行，從「舉才與建言」這篇訓詞，可以使大家更加體會到 總統勵精圖治的苦心，也更瞭解到當前復國大業，求行、求新、求本，「其根本之圖，就是要求新的人才，要有新的思想（知識）。」

總統對於「舉才」和「建言」，都有深切著明的定義：

「人才如何而得呢？那就是要各級幹部大家去物色，去培養，去揄揚察舉，這就是舉才。思想如何而廣而集呢？那就是要大家多發抒、多切磋、多互相批評、多察納雅言，這就是建言。」

遍讀古今中外的歷史，中興開國，「無不以人才之入轂與否，爲其成敗榮瘁之關鍵。」 總統畢生服膺國父，盛稱同盟會時代，革命開國，人才相望，「實極一時之盛」。 國父不但最了解革命第一要靠人才，而更能鼓舞人才，用能人盡其才。 國父當年革命起事，著眼點是在「一念之善，一技之長」；只要一個人具有革命的大義血忱，只要他確有一技之長，足爲國用， 國父都必使其充分發揮，乃能成就締造民國的豐功偉業。

總統對於人才的培養裁成，「四十年來，無日不念茲在茲」。自北伐抗戰以來， 總統培植、任使的人才，曷止萬千。總統說，「實在人才在任何一個時候，任何一個地區，都不缺乏……只要你肯披沙揀金，細心地去訪察發現，人才就隨在皆有。」

總統對於當前黨政軍各部門的批評是「缺乏人才，更缺乏新陳代謝、鼓舞激盪的作用。」所以，要大家保舉人才，並引陸九淵的話說，「事之至艱，莫若知人；事之至大，亦莫若知人；誠能知人，則天下無餘事矣。」

知人是至大至艱之事。但這仍僅是第一步工夫。「知人之後，必須加意裁成，才能眞正爲天下得人。」

「爲天下得人」是極高的標準，其下則爲社會、爲鄉里，爲某一行業、某一機構而得人，是應該做，也做得到的。總統歷年來有關培植人才的訓詞，諄諄提示，不知凡幾；前引「舉才」的話，至今也有五年。究竟各方舉才者多少，裁成者若干，績效何在，豈不值得檢討一番嗎？

六十年十二月十日

建言與納言

求新是創造的動力。新是甚麼？主要就是知識要新。有了新知識，才能有新做法，新力量。我們生當此一學術知識一日千里的時代，卽令上智之人，亦無法全知全能；中人以下則卽在其本身最熟悉的行業中，也必仍有許多「不知」之事。所以，求新不僅要致力去鑽研學術，同時也要「以衆爲師」，惟恐錯過了任何有價值的新意。

總統在「舉才與建言」這篇講詞中說：「我自己每天都有一段檢討省察的工夫，我也特別重視輿論以及同志們的建議，無論是報紙雜誌，以及公私接觸談話，總是不厭其詳，對自己的短缺與差誤，周諮博訪，一以督責自己，一以啓發自己。」

孔子說：「言及之而不言謂之隱。」韓非子更說：「知而不言爲不忠。」所以，總統勉勵大家，多就自己的學識知能和工作經驗，「對於各種問題，實在而透徹地、深入地研究，將心得創意，用以改進自己的工作事業，並隨時提供上級參考裁酌。」至於高級幹部，則對其部屬「尤其要鼓勵他們，敢於說話，勇於建議，卽使他們的見解想法，並不成熟正確，也要鼓勵他、領導他。」總統强調說：「只有這樣，大家都能暢所欲言，而一無所隱，然後才能合億萬人之心爲一心，充分發揮其活力和潛力。」這一段訓示透徹無比，亦親切無比。「合億萬人之心爲一心」，關鍵就在於建言與納言。

國家興亡，匹夫有責，每一個國民對於當前形勢，未來發展，都可能有些意見。智慧高、學識廣的人，所見者大，所謀者遠。智慧低、學識淺的人，可能祇在他切身利害的瑣務中兜圈子。但是，一個人祇要眞能「實在而透徹地、深入地研究」，則大問題也好，小問題也好，都必能有一番心得創意。有好的見解提出來，互相檢討，廣事切磋，必能得到最正確最妥善的意見，所謂「集體的智慧」卽由此而形成。

建言者應本其眞知灼見，貢獻國家，知無不言，言無不盡。廟堂之士則首先應有接受批評與建議的雅量，使社會上掀起「敢於說話，勇於建議」的風氣。同時，對於切中時弊的批評，切實可行的建議，應該劍及履及，卽速採行，做爲興革的張本。建言與納言，實在是一體之兩面。在國家遭逢非常變局的今天，每個人都應該有「知而不言爲不忠」的認識；同時，也期待各部門的高級幹部們，要仰體總統求言之至意，鼓勵大家「暢所欲言，一無所隱」。這是我們求行求新的根本之圖。

民意與法統

最近兩個月來，由於國際局勢的激變，海內外人士對國是檢討意見甚多；大家都認爲應變制變之道，基本上是在於如何集中人才，如何集中意志。總統五年前所提示的「舉才與建言」，仍爲當前之急務。

談到舉才與建言，不可避免地要涉及中央民意機構的充實。中央民意機構代表國民行使政權，自爲人才薈萃之所。也是以人才自負者爲國家建言最有力、最合理的場所。要談革新，政治革新是源頭、是根本；行政革新是旁流、是枝葉。全國之人才不必盡入於官府，亦不必盡入於民意機構；但是，「政治是管理衆人之事」，政治之良窳，與每一個人的利害安危有關，自爲大家所注意。中央民意機構應如何充實，乃成爲近時大家最關心的問題。

今日大家談這個問題，往往著眼於民意代表們的年齡：國代平均在六十歲、立委六十五歲、監委七十歲。這誠然不好。但更重要的一點，是民意機構由於二十年不能改選，實質上形式上都難免形成某種程度的脫節。民意機構可以對政府發生監督制衡的作用，老百姓對於民意代表之進退去留，却並不能有所主張。這自非憲政民主體制之下正常的現象。

大多數民意代表，當年當選之時，或爲國中俊彥，或爲一方賢達；渡海來臺之後，維繫法統於不墜，各就其本身崗位，竭智盡忠，對國家不能謂爲無功。但是，多年以來，由於大陸未復，不能改選，少數不能自愛之人，儼然乎以特權階級自居，有的受到了國法的懲處，有的受到了黨紀的制裁；有的負債遠颺，則受到了輿論的口誅筆伐。每有這種事情發生，自不免對民間是一大刺激，令人想到，這究竟是人的問題，還是制度的問題?!

民主憲政當然是重要的。法統當然是不可或廢的。但是，實行憲政，維護法統，並不等於保持現狀，我們的現狀，雖然不必悲觀，但亦並不容輕易再抱樂觀。二十年來到今天，「文」未能保衞聯合國的代表權，「武」未能反攻大陸，解救同胞，難道還不值得我們重下決心，徹底興革嗎?

法統是重要的。但是，維護法統不能以屏棄繼起的人才爲代價，更不能以脫離民意與公論爲代價。民意積極支持的法統，才能合億萬人之心爲一心，才能充分發揮國家民族的活力與潛力。

自從十月廿六日以來，各學校的青年學子們不斷在研討國是，他們有很多的意見。切望各方長者要多聽取年輕一代的、草根下的聲音。自問年齡雖然已不屬青年一代，但是，本乎「知而不言爲不忠」之義，我仍願在此大聲疾呼，要讓青年人敢於說話，勇於建議。

六十年十二月十二日

青年人

一切事業決定於人才，革命尤其如此。因爲革命事業如逆水行舟，要在艱難險阻的環境中打出新的出路，創造新的局面。革命事業便是以人才爲憑藉，以人心爲基礎。國有人才而不知，知而不能用，用而不能專，都可能形成很大的問題。

「中央」月刊元月號上有一個專欄，以「建國六十年的展望」爲題，執筆者張文蔚等十二人，都是在國內外獲得博士學位的青年人，最年輕者三十三歲，最年長者也不過四十一歲。十二人中絕大多數都是主修政治與法學。

他們所寫的文章，因爲每人不過幾百字，有限篇幅談這樣的大題目，似乎看不出有甚麼特別的驚人之見來。但是，他們都是以嚴肅的態度，誠懇的心情，本其平夙積學，對當前國是有所建白。這與不久之前有二十幾位青年學人就我們應不應該發射人造衞星的問題發表意見一事，同爲一種可喜的現象。青年人是有意見，有話講的，而且，祇要社會上肯於傾聽他們的意見，他們是願意講話的。

把這十二位青年學人的簡歷分析一下，除了一位是在政府中服務（外交部北美司長錢復）之外，其餘的十一位都是在大學裏任教。雖然有幾位兼任着學校裏的行政工作如系主任或研究所長，大體都不出教育和研究的圈子。

學有專長的人從事教學研究，當然也很好。可惜他們主修之所在是政治法律。把他們「留」在學術之塔中繼續造就人才，人才出來之後又繼續教書、研究、寫文章，如此循環不已，人才與「管理衆人之事」的實際政治存在着某種程度的脫節，才智之士固不免有「時乎時乎」之嘆，在國家豈不也是很大的損失？

我當然不敢說這十二位先生便都是經天緯地之才，更不是說除此之外便別無人才。我願指出，三四十歲的人在臺灣受中學大學教育，而現在在學術上卓然有以自立的人爲數已經不少了。國家對這些人除了「客座教授」之外是否還應該有更好的安排，做到國父所說的「人能盡其才」呢？

這是個大問題，但也是一個不容再徘徊瞻顧的大問題。嚴復與伊藤博文的故事大家都聽得多了，要創造新的形勢，何妨試試新的人才。

六十年一月八日

行其所宜

世界是由許多人物造成的，有大人大事，也有小人小事。但是，有許多事情乍看起來很細微、很平凡，仔細想想，却大有深意，我們不可因爲小人物、小事情，就輕輕錯過了它的意義與影響。

前些日子，在報紙上看到一段報導說，第一位志願到東引大我國民中學去教書的臺大畢業生宋玲女士，已經乘軍艦到了前線。當她抵達之時，曾受到戰地軍民熱烈的歡迎。

宋玲是江蘇無錫人，年紀不過二十幾歲，幼年因患小兒痲痺症而不良於行，到現在走動仍需扶著拐杖。可是，她不計個人的勞逸安危，情願放棄後方的工作機會，遠離家人親友，到最前線去，爲教育前線的青年子弟，爲實踐自己的崇高理想而前往東引。這種堅強的意志，高尚的襟懷，於今之世，誠屬難能可貴。

大學生是今天的天之驕子，尤其是闖過聯考之門而進入臺灣大學的人，社會上都不免要刮目相看。臺大的規模大，師資好，學生水準整齊（聯考的報名單上，千千萬萬考生都把臺大列爲第一志願），臺大畢業生之受人重視自非無因。過去二三十年來，臺大的畢業生人數最多，畢業之後出國深造者也最多；在國外，埋頭鑽研，學有專長，躋身於學人專家之林者，爲數也的確不少。但是，我覺得，臺大如果不能培育出像宋玲這一型的青年來，則我們的教育就不能算完全成功，臺大如果沒有一個像宋玲這樣的校友，則臺大的榮譽總不能說沒有缺憾。

有人說：憑一時的勇氣，做一件轟轟烈烈的事，容易。依照理想與眞知，將生命奉獻給一樁長期的、困難的、無榮無利的任務，更爲難得。這話與古人所說的「慷慨輕生易，從容赴義難」道理是相通的。義者，行其所宜也。如果我們把「赴義」做廣義的解釋，那便是勇敢地去做自己認爲應該做的事情。不僅是做，而且是從容泰然地去做。人生境界至此，乃可謂之高。

宋玲以殘疾之身，能夠完成大學的學業，其心智自非庸碌可比。畢業之後，又能不畏艱阻，毅然走向大家認爲最危險、最清苦、最孤寂的前方，其志節與見地自更必有超俗不凡之處。行其所宜，求其心安，這種人物我們豈可因其年輕而卽以「小」視之？對於某些大言炎炎，不務實際的青年，宋玲是一個好榜樣，也是一聲有力的挑戰。我要在此爲她祝福，我相信，她一個人的行動，對於這一時代的風尙必能發生積極的影響。

六十年二月廿六日

「少年」以後

明天是四月四日兒童節。我們自小就聽慣了「兒童是國家未來的主人翁」的話。兒童與少年固然要自惜此人生中的黃金時代，成人們對於如何培植這些「未來的主人翁」，尤應有具體整套的做法，不可掉以輕心，喊喊口號就算了。

舉個眼前的例子來說，中華民國的少年棒球運動已經相當普及了，而且贏得過世界冠軍，顯見具有第一流的水準和實力。孩子們的「棒球熱」並不完全是成人「交下去的」；但今後使這種熱潮能以保持，並且得到繼續的發展，由少年而至成年，由棒球而至其他體育活動，就需要成人們更積極的輔導與提倡。

去年夏間，我到東京，適逢我們的少棒隊在那兒參加遠東區的決賽，把日本隊打得落花流水。可是看日本的報紙，竟都沒有提這回事情。祇有主辦比賽的「產經新聞」有一個三欄題。當時我覺得有點兒奇怪，是日本人輸得不服貼，還是新聞界同行相妬，故意冷落「產經新聞」呢？但把各報內容仔細研究一下，又覺得未盡如此。日本各報平時在十六頁到二十頁的篇幅內，經常有兩個全版的體育新聞。從學校到社會，比賽的花樣確實太多了。

我們國內的情形，體育活動之能對外「拿得出去」，對內足資號召者，恐怕在楊傳廣、紀政之後，就祇有少年棒球了。所以，我們似乎應該把少年棒球做爲發展全民體育運動的一個具體的根據地。從這兒再接再厲，更上層樓，才不至於駕空蹈虛，流於空談。

中華少棒既然有過稱霸世界的光榮紀錄，而且後繼的人才一波接著一波，絕不怕後無來者。但，我們的青年如何呢？成人又如何呢？當年——也並不是很遙遠之前的當年，「魔手」陳智源那一批人才，爲何不再加培育琢磨，使他們更成大器呢？如果讓他們的光榮止於「少年國手」，就此交棒，似未免太可惜了。

發展體育，和發展任何事情一樣，最好的方法是因勢利導而不過分勉强。「少年」之中已經有的人才，已經表現出來的本領，希望能够讓他們獲得充分的發展，而這是成人們的責任。不能光看「少棒」的一段就自以爲滿足。

棒球如此，其他的事情又何嘗不如此；無論你相信不相信，兒童總是要成爲「未來主人翁」的。

六十年四月三日

可愛的孩子們

好幾年前，「時代」雜誌上有一篇報導，描寫西班牙鬪牛的盛況。過了一週，又刋出一篇寄自馬德里的讀者投書，信中頗許「時代」記者之內行；但抗議那篇報導歸類於「體育新聞」欄內是一大錯誤。那位先生說，「在我們西班牙人的心目中，鬪牛不是體育，而是一種宗教。」

體育活動到了最高潮時，的確會引起一種宗教式的狂熱。譬如我們這兒的少年棒球，六月五日以來半個月的選拔賽，打球的雖只是一百一十二名十一、二歲的小孩子，但卻形成了舉國注目關心的大事。至少在這一段期間，少棒是我們的「國術」。有些朋友坦然承認，他們記不淸中央八部二會首長的姓名，但對於少棒各隊「名人」的一舉一動，卻是如數家珍，親切如自家子弟。

特別是看六月廿一日巨人與金龍的爭霸戰，確乎是高潮迭起，扣人心弦。這已不止是一場球賽，而是藝術，小朋友們的表現，正如漢明威論藝術境界之所言，乃是「在緊張之下的從容。」有多少成年人在四比四那樣千鈞一髮的緊張時刻，猶能保持像這些孩子們一般的從容？

看這場球賽我有一大痛苦；我不知道我該站在那一邊。我希望他們都贏，至少我捨不得看任何一隊輸，可是，我又不想他們一直打平手。我承認內心稍有一點兒「偏」巨人，不光是因為他們的陣中「猛將如雲」，而是因為巨人對光陽那一場，許金木被大人們噓得不公平。可是，巨人第一局連奪四城，又使我覺得「太多了」，趕忙轉回頭來為金龍加油。我不知道觀衆中有多少像我這樣的「糊塗球迷」，但我們用心無他，只是希望他們打得更精彩。

李居明與沈清文的全壘打，正如藝術上的化境，非可言詮，任何體育專家的解釋都沒有球兒飛得那麼美，那麼眞。唐昭鈞的衝殺，帶著眼淚，多麼強的戲劇性。身材比球棒高得有限的許榮濱，那一張小圓臉有多麼可愛。我們不是在看球賽，是在看健康、機智、勇敢的下一代，那是我們的希望！

巨人與金龍都表現了大將之風。無分勝敗，他們都已盡到了全力，流出了每一滴應該流的汗水。我相信，一定有人為勝利而流淚，有人為失敗而流淚；我只是為這些孩子們的可愛而感動，而流淚。勝負雙方，同樣的可喜可敬。

我很喜歡看到雙方教練與領隊讚揚對方的鏡頭。這便是運動員精神。我們都應記取一句名言：「一個不知如何接受失敗的人，是不配獲得勝利的。」我們要爲巨人歡呼，也要爲金龍和所有其他各隊的小朋友喝采。

六十年六月廿五日

海濱贈言

每年暑期都有許多大專畢業的男女青年，到國外去深造。今年八九月間陸續登程者亦將在千人之上。教育部國際文教處特在金山海濱的營地，分期爲他們舉行講習，主要的目的，是讓他們對於出國後的進修生活先能有所瞭解，對於異國的人情風習先能有所認識。同時，更由於每期三天的講習，使這些青年人結識許多新的朋友，將來異地重逢，彼此間可以聲應氣求，互爲切磋，甚至在旅途中也可互相照拂。參加過的人都認爲收穫非常之大。

承蒙朋友們的好意，我也曾應邀去講過幾次話。有一次剛好是娜定颱風過境，風雨交加，從懷生樓頭下望，但見驚濤拍岸，怒雲千里。我說，「這正象徵着我們國家當前的處境，也象徵着這一代青年人的心情。」

對於即將遠行的青年們，我除了報告一些個人十年前在外讀書的經驗之外，也概略提出我自己對於近時國際間種種變化的看法。我相信，今天出國的同學，無論是到哪一個國家，其心理上承受的重壓可能都遠甚於十年之前。我爲大家所能貢獻的淺見，不外以下三點：

第一、我們常說，中華民族是一個偉大的民族，「中國這個國家，無論站起來或者倒下去，都將使世界爲之震動。」這絕非我們自大，而是世人共有的公評。所以，每一個留學生都要以能表現泱泱大國之風而自勉。中國人傳統上的仁厚、忠恕、勤樸、誠摯種種美德，都要由個人的一言一行之中流露出來。每一個在海外的中國人，皆不啻是一位「無任所的大使」。

第二、我國留學生大都身經百考，學業基礎在水準以上，用不著自餒。但除了本科課業以外，更要關心世事，關心國事；同時，不論你主攻的是甚麼學科，對於中國的歷史文化與現況，應有相當的瞭解。否則即不免爲外人所輕。我推荐同學們行囊中不要忘記帶一部行政院新聞局出版的「英文中國年鑑」，並鼓勵大家應該經常訂閱國內報紙的航空版。報紙不僅能使你繼續保持對國內實況的瞭解，更可以爲你排遣去國之後悠悠無盡的鄉愁。

第三、學業完成之後，要儘早回國。我過去不贊成留學生必定回國服務的意見，我覺得如果海外多有幾位卓然成家，道藝雙修的中國學者，影響作用是很大的。但是，以目前情勢而言，學成（或學未成）而棲遲國外，必招外人的輕侮，甚至因此而看不起我們的國家。我相信，在未來數年內，祖國需要更多學有專長的青年；到了外面的青年人，也應該替中國人爭一口氣，把才智貢獻給自己的國家。

六十年八月十五日

非政治的人才

最近一陣子，大家對於人才問題談得很多。有人主張多多登庸青年才俊，有人主張謀國之道仍在老成。不過，大家所談的似乎都以政治爲重。

政治是管理衆人之事，是一切進步的根本。政治環境如果不好，則其他的進步勢必會事倍而功半，甚或徒勞而無功。政治當然重要。

但是，政治畢竟不是一切，在政界以外，需要加緊努力的地方正多；就我個人的私見，我們今日在其他方面之需要人才，也許與政治上的需要同其迫切。

所謂其他方面，是與政治對待而言，乃是政府以外非官家的行業：思想家、科學家、小說家、詩人、美術家、音樂家、出版家、工商企業家……也許我們可以舉出幾千幾百種來。當然，在各種行業中，我們都可以舉出許許多多著有成就的名人，他們雖然並不立身廊廟，仍然對公衆具有重大的貢獻，是社會的棟樑。可是，如果我們把眼光放遠，要求提高，樣樣都拿來與世界第一流的標準相比，又不免會興爽然若失之感嘆。越是朝向最高階層去考較，越會發現人物不少而才俊無多；或者人才雖有，並未能得到充分的培養，因亦難求充分的發揮。

人才本來是隨時隨地皆有的，博學、奇才、異能之士，其志趣抱負絕不僅限於政治。他們自身可能根本沒有參政問政之心。但是，他們的才能如果能經細心的呵護培植，開花結果，那些成就却無一不可直接間接發生政治上的積極影響。譬如少年棒球隊之立功域外，對國內的民心士氣，對國際間的觀感聲望，就都曾有無可衡量的效益。

在打棒球的孩子們，「為國爭光」的念頭當然也是有的。但同樣重要的，是他們喜歡打棒球，希望打得比別人好。少年棒球隊能够稱雄世界，並不完全是由政府「製造」出來的，但政府對於這一種運動曾化了相當力量去倡導，去鼓勵。

少棒的人才，也並非出自「擴大延攬」，而是孩子們愛這種運動，肯於埋頭苦練，彼此觀摩。當紅葉隊在臺東山地用汽車輪胎練習全壘打的時候，並沒有人敢說中國少年有棒打群雄，橫掃八方的人才。現在，中華少棒已兩度稱霸天下，少棒運動更普及於全臺灣的每一個角落，繼起人才相望，蔚然一時之盛。

人才報國之道非止一端；國家需要的人才也絕不止用之於官府。今後對於非政治性的人才，恐怕更需要政府加意地獎進培植，使他們力爭上游，臻於並世最高的水準。

六十一年一月廿一日

敬業與信心

她的樣子看起來不過是一個大學三年級的學生，謙虛誠懇，樸素無華；但是，她教的那一班大學生對這位年輕的「小老師」無不敬畏有加。他們說她「很嚴」，而她自己確實很「棒」。

殷允芃女士是從愛瓦大學新聞學院回來的，回國之前，她曾在「費城詢問報」做過一個時期的記者。她是一個有深度的記者，中英文寫作能力之強猶其餘事。她最近的一本書：「中國人的光輝及其他」，便是很好的證明。這本書由志文出版社編入「新潮叢書」。一八一頁，共收專訪二十篇，其中有十四篇報導的是在海外有成就的中國人。從老一輩的外交家顧維鈞、學者顧毓琇，到文學批評家夏志清，國際間數一數二的建築師貝聿銘。有些是國內不大聽到的，像華爾街紅人蔡至勇、設計製造電腦的王安、銀行界的吳棣棠、出版界的楊蕾孟和廣告界的楊雪蘭；也有幾位是大家耳熟能詳的文藝界人物，像張愛玲、馬思聰、聶華苓、於梨華、和董麟。

這樣的「選樣」當然是不够的；把現有的數量再擴大十倍、百倍，也未必能完全包括今天在海外（或者單單美國）能够爲中國人爭光的人物。可是，殷允芃寫過的，都寫得很好，生動而深入，能給讀者一些「東西」。值得注意的是，她寫這些訪問並非受任何新聞機構的指派，完全出於她自己的一片熱情，她不願相信中國人的精萃，「只是在餐館裏忍氣吞聲，在實驗室裏蒼白著臉，在貧民區裏空口批評時政，在麻將桌上、武俠小說裏、電視的足球大賽中逃避、麻醉自己。」她不相信「沒有根的一代」之悲嘆，而要從她所選的人物中表示出來，「只要一個人不斷地努力，他幾乎能得到一切他所要的。」不要自哀自怨自憐，憑腦力、毅力與信心，即使在異國的堅硬泥土上，照樣可以「紮根」，可以創一番事業。

但是，作者的初意並不在鼓勵中國人託足異邦，欣欣然以個人的成就爲已足。她自己便是一個大可以「流連忘返」，自謀多福的人，但她仍然要回來。她毋寧是提出這些人作爲榜樣，要大家發揮敬業的精神與對所好的執着，要有坦然無畏的信心。我們相信，中國人到處可以發出光輝，可以有優異的成就，豈止是在海外呢。

六十年八月七日

激勵來者

我國田徑女傑紀政，在第六屆亞洲運動會中，裹創臨場，傷重退陣，痛失金牌的消息，對於海內外中國人而言，都是一大震驚與失望。同時，大家對於紀政個人，都表示了無限的關懷與同情。連日以來，朋友們在公私場合談論得已經很多，我覺得還有幾句話要補充。

在這一不幸事件中，最失望、最傷心、也最痛苦的，應無過乎紀政本人。七年苦修，功虧一簣，歷史性紀錄斷送在一秒鐘的幾分之幾之間。明知有傷而仍勉强出賽，可見其爲國爭光之壯懷未已。應勝利、能勝利、終因不可抗力的因素而未能勝利，她是一個已經盡到了力量的悲劇英雄。

中國人談學問，以「學究天人之際」爲最高境界。天是一大不可知。紀政的失敗固不能歸諸天意，但種種時機的不湊巧，却是事前就已看到了的。「衞青不敗由天幸，李廣難封緣數奇。」紀政的巔峯狀態時期，與亞運舉行的時間相左，使她不能爲曼谷亞運會留下更輝煌的紀錄，這是中國人的痛苦，又何嘗不是亞運會的損失？英雄與時會之間，似不能說全無關連。當我聽到紀政負傷的消息時，第一個想到的是紀政回國時流著淚說的話：「請大家多爲我著想，少想到金牌。」

紀政可以穩取五座金牌而僅得其一，但她在中華民國田徑史上畢竟是一個不可磨滅的人物。我們的金牌雖比預期爲少，但銀牌銅牌却超出了事前的估計。這顯示甚麼？長江後浪推前浪，新秀輩出，希望無窮。有許多位選手雖然祇得三四名，但已打破了全國紀錄，這表示我們的體育是在進步之中。在那些新進的選手心目中，紀政過去的成績對他們必曾有極大的鼓舞激勵作用。

紀政的另一貢獻，是她推荐了奪得兩座銀牌的李忠平。就田徑而言，紀政已是到達了「高處不勝寒」的人物；或正因此而使她也更瞭解發掘人才的重要，與培養人才的艱難。無紀政之慧眼與力荐，勢必也就無李忠平那兩座銀牌。

我們這一代人——包括我自己在內，往往愛犯一種錯誤，那便是責人失之過苛，總是想要「求全」。由於這種心理背景，我們缺乏欣賞悲劇的情致，更缺乏崇敬悲劇英雄的寬容感。

廿六歲的紀政，也不過是一個有血有肉的人，她已經盡到了全力，我們不能要求太多。她也許今後不能東山再起，但是，憑她過去的光榮紀錄與貢獻，已經可以成爲愛好體育的人們——不僅是中國人——心目中的一尊「偶像」。讓我們好好地保存這尊偶像，來激勵繼起的青年人吧！

五十九年十二月十八日

祝福心情

今夏到東京，與幾位新聞界老友相聚晤。其中有一位曾採訪過亞運與世運的朋友，對於紀政在田徑方面的進益，曾下過一番研究功夫。有一度，風傳紀政與教練瑞爾相戀，不少人對此抱反感：一個中國人與一個外國人，分屬師弟，年齡又相差三十歲之多，聽來彷彿有點兒「不合適」。我那朋友本來也有此感。可是，在他採訪紀政苦練的情況時，他發現瑞爾對紀政的循循善誘，苦心教導，非常人所能至。他說：「紀政能有今日之成績，可以說完全是瑞爾一手造成的。如果有一天紀政眞會嫁給瑞爾，我一定要寫一篇文章，爲他們倆祝福。」

紀政決定下嫁瑞爾的消息，是由「曼谷郵報」首先報導的，也就是紀政下場參加二百公尺與四百公尺決賽的同一天。據說，消息來源是由當事人告訴教堂的牧師，牧師轉告他的朋友以後，輾轉透露出來的。

「曼谷郵報」是有名的報業大王湯普森所有，是東南亞最具規模的英文報之一。此次亞運會期間，世界各國記者五百餘人雲集曼谷，泰國境內泰文、華文、英文報紙也有很多家，而「郵報」獨能一馬當先，挖到這樣重大的新聞，可見其採訪網布置之深廣，確實了不起。

但是，婚姻爲人生大事，當事人自己宣布之前，而有他人「越俎代庖」，這是不對的。首先那位教會裏的牧師忝居神職，有虧付託。其次「郵報」搶發這一新聞，在技術上是成功了，在新聞道德上則不能不說有所缺陷——至少它沒有尊重當事人的意願。

我們當然不能說，如果當日報紙上不發表這條消息，紀政就不會負傷，我們就不會痛失金牌；那是此刻無從證實的「事後的先見之明」。但是，這條消息的洩漏，對於紀政的心理絕非全無影響，則是可以斷言的。

新聞報導以迅速確實爲第一義，這話當然不錯；但更難的是能設身處地爲當事人著想。這是更高一層的境界。「郵報」同仁當然也想不到紀政會負傷不支，半途而廢；我亦絕無因此而對「郵報」有責備之意。我祇是舉此身邊近例，來說明新聞界服務社會的態度，單單曉得「搶」新聞是不够的。

新聞記者亦猶人也，我們要盡責任，要努力於本身的工作，同時我們也更願看到世間萬事的圓滿和諧。「羅馬假期」中那位放棄獨家新聞的記者是可愛而亦可敬的。「郵報」如果稍稍耐心一點，在搶新聞之外更多一分「祝福」的心情，也許就不會覺得它「多此一報」了。

五十九年十二月十九日

聯考以後

大約兩個月以前，楊子在其專欄中曾對我「公然挑戰」，他斷定何凡兒與我絕對考不取大專。何凡怎麼想法，我沒有問過；我自己可是對此耿耿於懷。因爲，楊子的話對我的「戶長」尊嚴大有影響。

吾家與一般的「時代家庭」一樣，男主人決定「大政方針」，管的都是「反對共匪入聯合國」之類的大事，至於實際行政，悉皆取決於女主人。我的筆耕所入，無足以驕妻子，除了戶長的法定地位之外，多少要靠「學術」領導。如今被楊子揭了底牌，內心不無悻悻之感。不過，看過聯考的題目和答案以後，我承認如果我是七萬八千考生之一，勢必落榜無疑。「誹謗能證明其爲眞實者不罰」，楊子是無罪的。

說起大專聯考，吾家可謂甚幸。我有兩個男孩子，都倖能以第一志願過關；雖然我自己「望考生畏」，有兒輩如此，似乎不應對聯考有所抱怨。

不過，一個青年爲了應付考試而付出的代價著實可驚。我的小兒子本來像我一樣「輕鬆」，但這一年來幾乎沒有看到他笑過。我深夜下班回家，他每每「秉燭夜遊」，苦讀不已。看到他，我就不免想到七萬八千個和他年齡相若的男女青年，都在受這樣的苦。我們做學生的時候，似乎沒有這麼重的心理負擔。在「天下父母心」之中，這是聯考的「罪惡」。

其實，聯考之橫遭惡名，多少有些寃枉，拋開技術上尚可有若干改進之枝節問題不談，無論怎麼改，也解決不了七萬八千人只能錄取百分之卅五左右的基本事實。競爭愈激烈，則考試的內容便不能不流入繁瑣的格局，考生便不能不去鑽牛角尖。聯考可以改、可以廢，但這一事實是很難變的。今天，我們的教育已經是以考試爲中心了，大專聯考特其尤者也。考試如果就能以滿足教育的要求，餖飣雜俎的知識成爲遴選人才的惟一標準，這是很危險的事。

教育的基本政策，重於聯考的興廢。教育上如果忽略了整體的人格教育，考試如何「合理化」都沒有多大用處，甚至於可能加深「捨本逐末」的趨勢。我不爲自己沒有考聯考的「實力」而辯護，也不因兒輩之能徼倖錄取而滿足。已經考取的人，還有待好好地培植陶冶，沒有考取的人，也絕非就此終身不能擡頭。人間道路並不是僅此一條。

六十年八月廿一日

送王藍

夏威夷位於太平洋之中，恰當亞洲大陸與美國本土的中途。自一九五九年成爲美國的第五十個州。通常所說的夏威夷州，包括八個大島，一百零四個小島，總面積六千四百五十方哩，人口七十餘萬，其中有百分之卅以上爲日裔，百分之六爲華裔。在八個大島之中，有七個是有人居住的，其中最大的是夏威夷島（四千零廿一方哩），和歐湖島（五百九十五方哩）。首府火奴魯魯市和太平洋上最大的軍港珍珠港，都在歐湖島上。美國將夏威夷建州，乃表示她對於太平洋地區的重視；夏威夷爲東西相接的門戶。在火奴魯魯的國際機場上，每天起落的班機在七百九十次以上。每年出入的各國輪船逾兩千艘。

夏威夷大學是島上的最高學府，建校於一九〇七年，目前有學生兩萬多人。由於夏威夷氣候宜人，風光絕美，各國學者往往樂於應聘前往，或利用假期蒞臨講學。我國第一位中國文學博士羅錦堂先生近年就在夏大執教。名畫家趙澤修伉儷，也在那兒埋頭作畫。

今年秋間，夏威夷大學的東方研究所邀請小說家王藍先生前往，作四個月的講學。以「藍與黑」一書聞名於時的王藍，同時也是一位優秀的水彩畫家。他在夏威夷期間的四次主題演說，將分別講述中國文學、美術的傳統與現況。在美國各大學裏講學任教的中國人很多，但以一個創作者的身分，從自己的親身體驗中來介紹我國國內文藝界實際情形者，過去似尚少有。「人不知，而不慍」，固然亦是一種境界。無如我們現在需要世人的瞭解、認識、與支持，所以類乎此種介紹的工作乃極需之事。王藍在行前曾細心準備他講述與討論的材料，大家都祝望他此去能以眞知見證，眞情交流，對於中美文藝界的「接龍」能有所獻替。王藍以前雖多次出國，但意義都比不上這一次的重大。

夏大圖書設備相當不錯，有關東方文學藝術的各國典籍頗有收藏。可是，在東方研究所的圖書室裏，找不到一本在臺灣出版的中文文學書籍和期刊。這似乎不可思議，但卻是事實。所以，王藍動身時要攜帶國內最新的出版物數百種，致贈夏大爲念。「我們並不是沒有東西，但我們過去沒有把自己的作品積極介紹出去。」這個問題已經討論很久。現在是認眞去做的時候。尤其本國當代文藝創作的外譯工作，更需要早日大力推進才好。

六十年九月四日

戰時觀念

從各種不同的消息來源分析，共匪最近的「備戰」活動的確很頂眞，與過去的虛聲叫囂不同。香港前幾天的一條電報，報導共匪近曾兩度下達「指示文件」，要各級匪幹「認眞」備戰。共匪的文件中指出，美國在印、寮、泰、越、日等國建立大量軍事基地，是部署對大陸作半月形的包圍；日本的擴軍，和蘇俄在大陸邊境陳兵一百六十萬，都是針對著匪區大陸的部署。所以，那文件形容目前的局勢，是「戰雲密佈，山雨欲來，侵略戰爭的突然爆發，並非意外，而是預料中事。」

共匪之叫囂「備戰」，這不是第一遭，但語氣之急迫，態度之惶亂，則以這一回爲最甚。其作用固然一方面是爲了鎮壓內部的反抗，轉移老百姓乃至匪軍匪幹們在「文革」、「奪權」以來累積下來的怒火，同時，也爲了進一步搜刮食糧物資製造藉口。對外的一方面，則是擺出了不惜「打相打」的架勢，給「美帝」、「蘇修」看看。世界各國的觀察家都不相信共匪有與美俄一戰的本錢，但共匪的文件中特別說明，外間說他「備而不戰」，「全都是資產階級的造謠。」

其實，共匪何嘗不瞭解，除非他自己放野火，美俄率先發動攻擊的可能性並不大。他最怕的還是中華民國國軍的反攻。美俄的核子武器誠然有摧毀匪僞政權的力量；可是，要說能贏得大陸上七億人民衷心的支持，徹底解決中國問題，那便非得靠我們青天白日旗的號召不可。中國人的事，惟有中國人自己才能收拾，才能解決。

面對著這樣的情勢，我們這一代的中國人應當何以自處？過去二十年來的生聚教訓，雖然有了一些成績，爲中外所共見，但那一些成績還是不够的，我們可以因過去的成績而增强信心，然絕不可因此便自滿自大。很坦白地說近年來一般人生活習染浮靡，心氣流於懈怠，而虛驕不實之風，更是日甚一日，到處瀰漫。臨敵備戰應有的嚴肅緊張的氣象，越來越少了。

當敵人在百里之外，發出了「大戰的爆發是預料中事」之哀鳴的時候，我們能够全然無動於衷嗎？我們每一個國民都應當振奮起來，既不是備而不戰，更不能戰而無備！

我們要做的事很多。首先是要大家時時毋忘戰時觀念，事事要有敵情觀念。

五九年五月八日

苦瓜君子

某日餐會席上，不知如何談到了苦瓜。好幾位朋友都說苦瓜其苦難挨，實在是難以下嚥。惟獨一位先生爲它辯護，講了苦瓜的兩項長處，甚有意趣。

據說，苦瓜之苦，是自己苦，別人不苦。譬如用苦瓜炒肉，瓜是苦的，肉却更見鮮腴，並無苦味。

又據說，苦瓜是少年苦，老來不苦。苦瓜自靑而黃，都是苦的；及老逐漸變橙紅色，就沒有苦味了。

回來查查書，苦瓜名目見於本草，又名錦荔枝、癩葡萄。李時珍的解釋說，「苦，以味名。」這是一想就想得到的。至於與荔枝或葡萄相提並論，則是因爲瓜皮上疙里疙瘩有如荔枝，而其枝葉又頗似葡萄。

工具書裏提到苦瓜時，常引「直隸志書」范縣一則，物產瓜有十四種，其中便有苦瓜在內。看來這種瓜可能是由北方流傳出來的。但現在不僅臺灣有，更南一點兒的菲律賓，也到處可見。幾年前去馬尼拉，應杭立武大使伉儷之宴，席上就有一味苦瓜。據杭夫人解釋，菲島酷暑逼人，燠熱炎蒸，多吃苦瓜有開胃健脾，淸心明目之效。

初嚐苦瓜，不皺眉叫苦者甚少。但是，多吃幾次之後，便會領略其味而漸入佳境。苦亦有淸新之氣，使人的味覺更爲靈敏。至於在衞生保健方面的好處，我非醫學專家，不敢輕談。

不過，自聞友人之言，我倒覺得苦瓜饒有君子之風。處此澆離之世，人各逞其機智巧詐，爲自己打算。自私自利，幾乎已經不再算甚麼「惡德」了，連損人利己的事，大家也都見怪不怪。所以，「自己苦，別人不苦」的苦瓜精神，實在値得大大提倡。薄以奉己，厚以待人，自己的擔子自己挑，要談「操之在我」，則人人都應先有此氣概。

至於「少年苦，老來不苦」，與中國人歷來的處世哲學更是相符。少時年輕力壯，志大心高，受一點挫折，栽幾個筋斗，都還當得起。而且，多吃一番苦也就是多受一番磨練，多長一點兒經驗。有一分耕耘，必有一分收穫，也正因爲少年時期吃足了苦，才有後來的老境彌甘。古今多少成大功、立大業的人物，都是從艱難困頓中鍛鍊出來的，「好人半自苦中來」，人不應當怕吃苦，吃過苦的人往往反而會更能體會到人世是如此其可親，人生是如此其充實。

六十年二月七日

不畏難

好幾年前曾遊橫貫公路，當時全路尚未開通，有一位工程師在途中爲我們作簡報，有一段話說，「諸位放眼看去，這千山萬壑之中，每一株草和每一塊石頭上，可以說都有我們榮民的血和汗。」橫貫公路今已通車多年，我始終沒有機會走過全線。但是，那位工程師的話一直縈迴腦際，久久難忘。

輔導榮民的機構，全稱是行政院國軍退除役官兵輔導委員會，社會上都通稱爲輔導會。當四十三年十一月一日該會成立之時，報紙上評估該會未來的任務，是「人爲其易，我任其難」。這八個字不僅說明了輔導會工作的性質，也可以說是爲全體退除役官兵近年來的寫照。他們在執干戈衞社稷的任務完成之後，又以其餘力致力於各種建設事業。而他們所創之業，幾乎每一樣都是和開闢橫貫公路一樣的艱辛，是憑了血汗、智慧、與勇氣，由無到有，由少變多，使從前廢棄的河川地帶，變成爲沃野田疇，使人跡罕至的高山草原，變成爲蘋果林園。他們與海爭田，與山爭路，浚河道，建水庫，造橋樑，建公路，不僅在國內樹立了良好的聲譽，也是國家技術輸出的生力軍。他們憑技術與勞務爲中華民國掙來的友情與讚譽，適可與到非洲大陸的農耕隊後先媲美。

輔導會前些日子擧辦一次榮民事業照片展覽。內容二十項，圖片一千幀。這些圖片都是爲紀實而攝，會場並不著意於精緻纖巧的美化，但是看過了那些圖片之後，心中却感到一種陽剛之氣的壯美，這也正是古人所說的「充實之爲美」。而這種充實，這種美，乃是結合千萬個榮民弟兄們的血汗而成的。

記得在照片展中所見，有許多都是採對比式的。榮民們開始工作時，土地山林是怎麼樣的，當初住的房子是怎麼樣的，到今天又是怎麼樣的。這些圖片的前後對照，令人很容易就體會到榮民們投下的血汗有多少，和他們對國家、對社會有了多大的貢獻。

在會場中，有朋友問我們看過之後有何感想。我只有四個字的答覆：「人定勝天。」看了榮民們的榜樣，更讓人相信，只要我們能吃苦，不畏難，埋頭苦幹，眞箇是「何功不可克，何難不可摧？」

榮民們在經濟的建設上的成就，都有數字可以表現。比那些數字更爲寶貴的，是這種能吃苦、不畏難的精神，旦旦而伐，持之以久，高山大海尚且可以征服，又何懼乎人間的險巇艱難！

六十年三月廿八日

六十年新聞年鑑

新聞事業的發展，與國族命運息息相關。所以在近代民主政體的國家，稱之爲行政、立法、司法以外的第四機構。新聞事業的普及與發達，往往卽爲國强民富，社會進步的指標。我國之現代意義的新聞事業，萌芽於遜清，到現在已有百年以上的歷史。民國肇造，實行共和，新聞事業的發展乃更日新月盛，雖其間迭遭顚沛，而益挫益奮。國父號召革命，以「鼓盪風潮，創造時勢」相期，我國新聞界六十年來一貫卽以此自勉自矢，信守不渝。

新聞工作以報導新聞，平章時事爲主體，以發揚國家獨立奮鬬的精神與反映國民的公意輿情爲最高目標。新聞事業過去爲國家爲社會留下眞實而完整的歷史紀錄，但對本身的發展與成就，則每疏於蒐集、報導與珍藏。

十年之前，臺北市新聞記者公會爲紀念開國五十年，曾編印新聞年鑑一種，由當時的理事長王惕吾先生主持其事。那是我國第一部完整的新聞年鑑。雖以「事屬創舉，無先例可循，資料缺乏，增蒐羅之苦」，但已爲我國新聞事業留下了年鑑體例的規模。十年之後的今天，六十年新聞年鑑的編印，大體卽以那第一本的間架而再求擴大充實。

今年的新聞年鑑共三百九十頁，主要內容有對各種新聞事業近十年來發展的總論，有報業、通訊社、廣播、電視、新聞教育、新聞廣告、新聞組織、新聞評議工作等各列專章，海外華僑新聞事業和大陸匪區新聞事業則編入附錄。國內的每一個新聞事業機構的現況，都有詳實的記載。最後又列有民國六十年大事年表與我國新聞界六十年大事年表。內容可謂充實周備，極具參考價值。這是我們新聞界同仁嘔心瀝血，辛勤創業的共同紀錄。由今年記者公會理事長李廉先生主其事，編輯印製則由沈宗琳、胡傳厚、李寶淦等諸先生分任其勞。封面設計出於廖未林先生手筆，相當精美。有看到樣本的朋友說，「我做了二十年記者公會的會員，交了二十年會費，得此一卷，便已值回票價。」這本年鑑將在今年九月一日記者節會場上分發。

年鑑之類的工具書，可讀性絕少，在人手一册之際往往不受重視。然在事過境遷之後，搜求不易，方有「當時祇道是尋常」之憾。就以五十年與六十年這兩本新聞年鑑而論，互相比較印證，我國新聞事業的發達之軌跡，皆歷歷在目，譬如電視事業的興起卽其一例。這種年鑑不僅將爲我新聞同業與有志於新聞事業的人所珍惜，亦爲關心時事、整治國史的人所不可或缺的參考書。相信各大圖書館、各有關機構與學府都有需要，將來且可成爲西方人所謂 Collector's item，藏書家搜求之對象也。

六十年八月廿七日

嚴肅感

近些日子，讀到林海音女士編的「中國豆腐」這本小書，讀起來覺得頗有趣。全書二一五頁，共收各體文章約三十篇，篇篇都與豆腐有關。執筆者東西方人都有，稿源除了國內之外，遠及美、日、韓等國。文體則大體以抒情的小品爲多，國內文友所寫各篇中，很能顯示出中國人欣賞豆腐以至欣賞人生的態度。傅培梅女士的「豆腐菜單」竟有八十八種之多，是我所沒有想到的事。

這本集子裏富於情致的文章不少，但我個人覺得，最有分量的一篇，還要算日本人篠田統的「豆腐考」。這篇文章所考的第一個重點是：中國豆腐究竟從甚麼時候有的。

朱熹在一首詩的註文中說，「世傳豆腐本爲淮王術」。明代李時珍的「本章綱目」確認豆腐的發明者是漢淮南王劉安，如是則世間之有豆腐當在西曆紀元前二世紀。豆腐的歷史早於耶穌基督之說，也就由此而來。

但是，篠田的考據則認爲是因南北朝至唐代，北方遊牧民族大量進入中原，帶來了牛羊乳加工的技術，中土之民，在唐代中葉才漸次試驗出來以豆乳製豆腐的方法。

篠田之說究竟是否確立，暫且不論；他爲了找尋答案所下的功夫，我覺得很值得介紹。他先查各種類書如太平御覽、事物紀原、三才圖會、古今圖書集成；再查淮南子、淮南萬畢術、記勝之書；乃至於字書類的許愼說文、劉熙釋名、張揖廣雅、張華博物志；都沒有關於豆腐的記載。然後再查南北朝時期的典籍，如齊民要術、神農本草經，和隋唐間的二十來種名家筆記，也不見有豆腐。

更有趣的是，他又從文學作品中去搜求，傳奇小說、花間集，以至駱賓王、陳子昂、李白、杜甫、韓愈、柳宗元、白居易等十九家的文集，「亦皆不見記有豆腐。」篠田發現最初記載豆腐的是宋初陶穀的「清異錄」；當時的人以豆腐作肉類的代用品，呼之爲「小宰羊」。宋以後，有關的記載就多了。

我引述這篇文字，重在說明做學問的人應該有的「嚴肅感」。豆腐在中國是日日可見的極平凡的東西；然而，單單是豆腐來源這麼一個問題，前後也牽涉到上百部的書，而這些書全是中國的古籍，並非日本人的創作。

別人的長處，我們最要虛心效法。當然，中國學者如果有人專心去「考」豆腐，可能會得到比篠田更豐富的結果，然就「中國豆腐」這本書論書，則未免顯得我們（包括作者之一的區區在內）缺乏那一股沙裏淘金的傻勁，這是否多少也反映出中國人「若有不足」之處呢？

六十年十一月七日

新日曆

新年來了，家家戶戶都換上了新的日曆。一份日曆便代表著新來的一年時光，看了之後，令人有一種難以名言的充盈喜悅之情。

由於近代印刷術的進步，日曆的設計與印刷也日趨精美。台北市前些年曾舉辦過日曆展覽，林林總總，琳瑯滿目，何止千百種。仔細想來，日曆的確是值得好好研究的。

試想，在現代社會中，哪一個家庭、辦公室、或公共場所中，能夠缺少了日曆？

再說，在一個房間裏，有甚麼東西能夠掛上一年之久而您仍會天天去看它呢？

台灣省和台北市人口現已超過一千四百萬人，以五口一家計，就有將近三百萬戶。事實上，每一家庭絕不止有一份日曆。我手邊雖舉不出具體的統計數字來，但我相信這個數字是很龐大的。

由於一份日曆要用一年之久，自應求其精緻美觀，看起來有賞心悅目之妙。日曆的功用除了指示月日之外，有一點「美」的點綴作用，當然也很好。有人認爲，掛了日曆的房間，說不出地有一股俗氣。這也要看那日曆是甚麼樣的，才好斷其是非。日曆的規格式樣，種類極繁，不勝枚舉。眼前常見者，大抵以彩色精印的大大的圖畫，下面加上小小的日曆（其實是月曆或季曆）者居多。政府機關、公司行號，致贈日曆似乎跟寄賀年片一樣成爲風尙。

有些外國朋友送的日曆，上面是複印的名畫，印得如此考究，使我乾脆把日曆部分剪去，複製的美術品正可供我輩作「平民化」的欣賞。國內的產品，故宮名畫也印得頗好。「美女如林」也不錯，但家裏掛上許多的大美人，未免顯得太「豔」。有家銀行印的古代金石瓷器圖片，色澤逼眞，很够水準。金融機關裏有雅人，不可盡以銅臭氣視之。有些日曆上大作廣告，賣這賣那，圖文並茂，但多看兩眼可讓人受不了。「宣傳的動機宜乎隱祕」，一年三百六十多天都宣傳到人家的臥室裏來，未免逼人太甚。

其實，我們値得印在日曆上的東西極多，臺灣是美麗寶島，好的風景日曆却極少見。近年畫壇新人輩出，取以爲材，也不失爲「藝術大衆化」之一道。新的日曆比往年已經有進步，希望明年能有更美更好的出來。

六十年一月四日

不拜亦不卡

中國人照例要過兩個「年」，現在兩個年都已經快快樂樂過完了，陽曆的二月份過去了大半。這就格外令人有一種「歲月匆匆」之感。

在新派人物的心目中，對於舊曆年的一切不免有「積重難返」的感慨；民國肇建將近一個甲子，爲甚麼非得到了舊曆年的時候，大家才眞正地覺得像是有點兒過年的味道呢？從另一方面看，中華以農立國，配合農時的農曆實行了好幾千年，「春王正月」深植人心，不是一紙命令就完全改得過來的。也許從這件事上我們可以得到這樣一個結論：「文化的力量遠大於政治的力量。」若干年前，比較保守的人物有「你過你的年，我過我的年」的說法。到了我們這一代的中年人，則大都採取一種更爲寬容、更爲瀟洒的態度，有年就過，無分彼此。

可是，一連兩個年，如果都要一板一眼、成本大套地來慶祝，那是很勞神的事。小時候在北方過年，從臘八粥揭開序幕，要鬧到二月二龍擡頭才算完結，比起新派的聖誕週末連演新年假期要長得多。所以，現在無論新年舊年，都不過是點到爲止，意思意思而已。

農曆春節假期比較長，但中間的花樣也比較多。譬如拜年，就是大家很想要革除的一種習慣。我個人的減免拜年運動，已經躬行實踐了好幾年。去年則索性連賀年片也全免了，做到了所謂「不卡不拜」。

好多年前，有一個大年初一，乘了三輪車去拜年。交通擁塞，進退不得，一時很有「被困」的感覺。旁邊一輛車上有一個胖胖的先生對他那胖胖的太太說，「他們頂好是不在家才好，拱拱手就走。坐下來可不得了，三天都拜不完的。」這幾句話觸發了我的「頓悟」，比任何「節約拜年」的號召都更有力量。

禮俗是一種規範社會生活的不成文法，社會在改變，禮俗也要跟著變，但演變的進程並不一定是層次分明的。大概到了「拱拱手就走」的階段，這種禮俗也就可有可無，若有若無了。

倒是「不卡」的後果相當嚴重，有些遠地的朋友，終年不通聞問，到了年底來一卡通候，精美的賀年片上還帶來了不少「故人消息」，有的成家，有的立業，有的「兒女成行」，皆非泛泛的「掃射式」可比。友情珍重，不可無報；一一答謝，時令上又有些不對，祇好俟諸來年了。我們生長在「傳播時代」，不拜可以行得通，也可以爲人諒解，不卡也許是太激進了一點兒。這是我今年過年的小小心得。

五十九年二月十五日

第二屆書展

第二屆全國圖書雜誌展覽，定今天開始在台北市中華體育文化活動中心展出。這是國內文化出版界的一大盛事。

第一屆全國書展，是五十七年十月廿五日起舉行的。那一次因爲是破天荒頭一遭，主辦者與參展者對於究竟能有多少人蒞臨參觀，沒有多大把握。結果辦下來情況非常之好，不僅參觀者絡繹不絕，會場裏摩肩接踵，參展者大爲揚眉吐氣；同時，對於「提倡讀書風氣」也確乎有相當積極的影響。書，是有人讀的。

由於上一次的經驗，這一屆會場由僑光堂搬到了寬敞得多的中華體育中心。上次參展的圖書有五千餘種一萬八千多册，這次增加到九千種二萬二千餘册。雜誌更由二百四十八種增加到四百種以上。

參展圖書雜誌數量的增加，顯示了出版品的豐富；更重要的是「質」的提高，反映著國內文化活動的日新月盛，內容充實。這些圖書雜誌尙非全國出版品的全部，但都是各公私出版者選擇具有代表性的東西，「琳瑯滿目」，當非過甚其詞。在會場中巡禮一番，能將我們的出版界近年進步的實況盡收眼底，是一件值得做而且應該做的事情。

需要創造進步，進步也創造新的需要。站在一個讀書人的立場，謹向出版界提出三點願望：

第一、書展辦到第二屆，出版業者累積了過去的經驗，今後應該可以承擔起主辦書展的責任。照目前出版業進步的情形觀之，書展由兩三年一次進而爲每年舉辦一次亦未嘗不可。規模較小而分類較精的專業書展，也可以嘗試舉辦。但爲了要把書展辦得好，我願重提以前的建議，出版界本身應有一個健全的同業組織。出版界是傳播知識而自身也最需要新知識的行業，同業間如何加强合作，互相砥礪，以求更大的進步，實可以舉辦書展作爲推動的新契機。

其次、舉辦一次全國性書展，費事不小，無論到場參觀者能有多少人，畢竟不是每一位讀者都能包括在內。所以，出版界如果能利用此次參展書刊的資料，編成目錄，對國內外圖書館與一般讀書人，皆有極大的裨益。

第三、與出版界關係最密切的，除讀者之外還有各圖書館。圖書館界不久之前也舉辦過「圖書館週」，如何使書展不至於過分流於商業化，而使出版界的工作與國家和社會的需要更相密切配合，圖書館界的朋友們似可就書展的成績，對今後出版界努力的方向，提出積極性的建議，以利於出版界的長期發展。

六十年三月廿七日

同業的規矩

在近代社會中，同業的關係似乎特別來得重要。親如父子手足，血緣親情當然是親得無可再親，但如果一個是專攻太空航空的科學家，一個是研究古典文學的學者；或者一個是錙銖必較的銀行家，一個是全心嚮往天堂的傳教士；他們之間對於許多事物一定會有距離遙遠的看法。「隔行如隔山」，一點兒也不錯。

一九六〇年美國大選的時候，紐約有許多有錢的企業家，雖然他們籍隸民主黨，更且是天主教徒，卻都投了共和黨候選人又是新教徒尼克森的票。甘迺迪事後對此頗有牢騷，他說：「說了歸齊，還是鈔票最要緊。」倒並不是尼克森花錢買票，而是企業家們對於甘迺迪的「新境界」缺乏信心。這裏面牽涉到行業的利害。

同業因利害相同而結合，而相親。但是，同業的意義猶不止於「有福同享，有難同當」而已。前些時，看到罐頭出口業、紡織業，和電影業都曾因共同問題而在報端刋登廣告，發表主張。這種情形在民主社會是極普通的事。不過，同業的力量還要更進一步，它不僅是在發生了問題的時候一致對外，而且對內也要有相當强制性的約束力，使同業間的每一份子皆能砥礪切磋，爲提高那一行業的工作水準，維護共同的信譽而努力。

有次聽一位政府官員某先生演講。他說他在訪美途中，遇到一位攝影人員，工作十分認眞，某先生問他爲何如此不辭辛勞？那攝影員說：「我們拍攝出來的照片，一定要符合同業公會的水準才行。」據他說，他的工作與薪資福利，都可因公會組織而得到有力的保障。但條件是他必須具有相當的技術水準，又能盡心盡力，毋貽同業之羞。某先生對此事印象極爲深刻。他認爲我們社會上許多問題，便是缺乏這種自我約束和檢討，樣樣都靠政府，事情就難辦了。

這話實在很有道理。像大家常聽到的商品檢驗，廠礦安全，食品衞生之類的問題，管理衆人之事的政府固然有責任，這些行業本身又豈能說對社會對公衆完全沒有責任？國家要進步，政府的領導是必要的；但一切都要靠政府來推動實在是不够的。各行各業應該定標準，立規矩，建立良好的信譽，提供健全的服務，互相觀摩，永矢咸尊。這才是民主社會中進步的原動力。我們在這方面實在有待大大地加强。

五九年三月廿八日

努力穿便裝

現代人有許多苦惱。苦惱之一是天氣熱到攝氏三十度以上，還得要「全身披挂」穿所謂整套頭的西裝。

自問是一個相當「中西合璧」的人，惟獨穿衣一道，對西裝少所許可。天冷時我喜歡穿長袍，「次冷」的時候我覺得夾克最好——因爲它不大登「大雅」，就格外適合我這野人性格。天一熱，一件短袖夏威夷衫就「天下太平」。在某些場合非穿西裝不可，就不免無名火起三千丈，一肚皮的不舒服。

爲甚麼我們要這樣折騰自己呢？

前幾天，報上說執政黨中央已經接到許多的建議，希望能「配合夏令時間，發動勤儉建國精神，厲行社會革新，倡導穿便裝運動，以蔚為風氣。」

這一段「案由」，很像報紙上的社論，在一件事情前面加上很多偉大的理由。

其實，最有力的理由只有一個字或者一句話：熱。我們熱得受不了。

禮，是社會行為的一種約束；通常所謂失禮，是不合甚至於違反了約定俗成的社會規範。不過，當一種規範使得大多數人感到不便，感到痛苦時，自然便需要有所改革。但推行這種改革，單靠一二人的特立獨行或者一意孤行，是辦不通的，而必須大家都有此共同的瞭解，「只要整齊清潔而舒適，穿便裝應不算失禮。」這段話說得十分委婉而盡情，應該容易為大家共同接受。

執政黨已指示主管部門對這個問題「詳加研究」了。我們希望答案能夠早一點提出來，興利除弊，總是越快越好。臺灣地處亞熱帶，很多鄰邦的情形可以供我們參考。像一水之隔的菲律賓，他們不僅早就夏天穿便裝，而且有一套簡易的服式，朝野皆備，形如鏤花的長領襯衫。有那麼一件衣服，連元首國宴也可以照穿。

不過，菲式的服裝我們不便模倣，其最大的缺點是價錢太貴，貴得和一套西裝差之有限，與勤儉建國、社會革新的味道都不大符合。

依我的淺見，努力的第一目標，只要是不穿西裝就好。只要不是裏三層外三層的「夷其服」，只要脖子裏不需要拖那根悶氣的領帶，便裝如何便，還是聽個人自「便」吧。要不然，怎麼能算便民呢？
執政黨對便裝運動（這個運動之名，是我加上去的，多少也有點兒擴大聲勢的存心），樂予同情的考慮，稱得上「應天順人」。讓我們大家努力穿便裝吧！

六十年六月十七日

勿再輕言漲價

一般消費者的心理——包括我自己在內，對於任何物價的「調整」向來都很敏感。根據過去的經驗，調整也者，十八九就是漲價。而且，在漲價之後能夠再「回平」的例子，少之又少。所以，大家有一個很簡單的反應，對於任何物價的調整，我們都不贊成。

從經濟學理上講，在一個開展型的經濟環境中，工商企業都要力求擴展。通貨適度增加，物價和工資溫和上漲，毋寧是一種健康的現象。完全不許漲價，是不合理的，也是不可能的。

不過，經濟行爲是人類行爲中的一部分；它不僅受到經濟法則的支配，也還受到其他因素的影響。這是一個十分複雜的過程；尤其心理方面的反應，有時說起來似乎是「不可理喻」，與哪一條法則都不合，但它的確能夠對於經濟活動發生相當程度的影響。

譬如說，計程車資加價以後，聽說各路公共汽車已在醞釀跟進，乃至於籃球裁判先生們要求調整車馬費也要援引爲理由之一。

就計程車資而言，這次調整的後果特別之欠佳，各方反應已經很多了。我覺得，值得注意的猶不僅在調整幅度過大，一下子就加了百分之二十五；也不僅在調整後之化簡爲繁，算來算去總是難免有個很不便民的五角零頭；而是在調整之後，消費者固然是不滿意，各位司機先生們也幾乎異口同聲大嘆苦經。他們認爲調整費率對他們並沒有甚麼實惠。這似乎是過去所無的一種情況。台北市有一萬多輛計程車，好比是一萬多座小型的流動廣台，他們的意見明顯地反映出來，漲價不是好辦法。

最近，國際間的情勢頗有波瀾，當此風雨將來之際，我們最需要的是安定，此所謂之安定，當然要包括與每一個人日常生活息息相關的經濟安定在內。正如前面所說，在正常情況之下，漲價不足爲病，而且是「開展」的要求下所必須。但是，現在顯然不能算一個正常的情況，我們要求各行各業尤其是公營事業，做到經濟上的「莊敬自强」，不要在漲價這個題目上去動腦筋。否則的話，樣樣東西一漲價，處此之變，叫我們消費者泰然「不驚」，是很難做到的。

漲價不是解決問題的正確答案，對消費者如此，對業者也是如此。而此時此地輕言物價調整，其害處可能不僅是在經濟而已。這是大家不能不愼重其事的。

六十年七月卅一日

經濟乎・建設乎

前幾天在報上看到一則短短的消息說，台北市政府的「建設局」，要改名爲「經濟局」，以求名稱與工作內容符合一致。這件事情已經呈報行政院核定中，云云。

當然，官員們要有所興革，總會振振有辭，十分合情盡理。由「建設」而「經濟」求其名實一致，自亦未可厚非。不過，馬上就令人聯想到，台灣其他的市也還有建設局，省政府又有建設廳，是否也應該求其一律呢？

說來我們的機構，名目實在太多，而且有些地方的確容易讓老百姓搞不清楚。單以「委員會」爲例，從中央到地方，乃至半官方半民間的機構，以「委員會」爲名者就不曉得有多少。再以「局」和「處」來說，更令人高下難知。有的直屬於行政院，像新聞局、人事行政局、主計處。有的在部之下，如司法部調查局、教育部文化局。省級有地政局、糧食局、新聞處、主計處、稅捐稽征處，縣市以下也可以有局有處。而局之下可以設處，處之下也可以有局。當然，每一機關都有它的發展沿革，但是，同爲政府組織裏的一部分，各有一套章法，總是不好。

再以官制而言，祕書長與祕書處長當然還可以說是有分別的；可是，有位政治學博士問到「主任祕書與祕書主任到底分別在哪裏？誰的職權大些？」我祇好說：「莫測高深。」

還有日常所見的官文書，法令規章的種類也很多。「法」、「條例」、「規程」、「規則」、「施行細則」、「辦法」、「大綱」、「綱要」（好像還有「要綱」）、「注意事項」、「規定事項」、「準則」、「標準」、「須知」，這些不同的名堂，說不同當然有不同，但是，有多少人眞能瞭解這些不同之處在哪裏？更要緊的一點是，政府法令有如此之多的不同名目，究竟是否絕對必要？

還有許多重要的名詞，有的是文字不同而內涵無異，有的是同樣的文字，在不同場合就有不同的含義。最近聽一位先生說，「國家戰略」和「大政方針」，實質是一回事情，可以互相代替。類乎這等情形，恐怕都很容易引起觀念上與理解上的混淆，能否加以明確的區劃呢？

西方學者有言，「對於名詞的定義如果缺乏共同的理解，任何討論皆不能產生有意義的結果。」關涉到「管理衆人之事」的名詞，尤其應有明確的、不容有可以如此也可以如彼解釋的定義。台北市建設局的改稱之議，又使我們想到了這些老問題。

五九年四月廿四日

談簡明

人生越來越複雜了。但也正由於複雜，便越需要簡單明瞭。執簡馭繁，是「現代化」的第一要義。所謂科學精神，其實也就在掌握要點與原則。

人類之勝於禽獸者，在其理知與感情。在理知的活動中，歸納與演繹的能力，皆遠非禽獸之所能及，人類之能够創發新的思想，新的方法，新的文化，都在於此。而人類文化之所以能推陳出新，綿延不絕，即在其繼承與發揚的過程中，知道如何在紛繁的現象中去發現簡明的道理。數字的與邏輯的推演，哲學的與宗教的說理，惟人類能之而禽獸不能。

但，很不幸的是，人類常常用自己所發明的文明來困擾自己。有人說，「一個專家，就是把極簡單的事情弄得極複雜的人。」這話也許不完全是諷刺。不過，我們也可以說，專家之所以要把簡單的事情弄得複雜，乃是因爲他要透過精密的分析，深刻的瞭解，複雜的過程，去發現更爲簡明的道理。祇曉得把問題弄得複雜的人，頂多是一個冒牌的或者不成熟的專家；那種人越多，越會搞得天下大亂。

艾森豪元帥在二次大戰剛剛結束的時候，曾命令幕僚人員爲他起草一份文件，簡述那次大戰的起因、過程、和結果，「全文不得超過三頁。」當然，要寫出那三頁大事紀要來，執筆的人不但需要參考很多書籍、報紙與文件，更需要對於戰爭有全盤的理解，再加上一番縝密的研究——寫出來的東西要簡明精粹，但其寫作的經過卻有無數的曲折，好比沙裏淘金。

中國人有一句古老的成語，曰「提綱挈領」，亦卽所謂能抓住要點。今人則無論說話或寫文章，凡是要表達意思時，往往不厭其長；結果呢，翻來覆去，令人摸不著頭腦，不知何處是「綱」，何處是「領」，甚至於連他所要表達的意思究竟是甚麼也十分模糊。彼此皆無所益。不「簡」也就不能「明」，說話作文如此，辦事也是如此，繁文縟節越多，到後來便祇剩下打圈旋磨，連原本要說甚麼，要幹甚麼的目標都忘記了。這是一種流行病，我們大家都應深引爲戒。凡事不力求其簡，則新、速、與實的要求往往也都會落空。

五九年四廿五日

談眷舍

監察院五十九年度總檢討會已於一月初閉幕。會中通過了「對一般政治設施檢討意見」四十三項，對當前政治上的興革大計發表了很多高見。其中有一項說來是比較小的問題，但是爲軍公教人員所關切的，那便是眷舍問題。

監委們指出，現行軍公教待遇之未盡公平，眷舍之有無「亦爲其中之一」。因爲原案中沒有提出詳細的具體數字，我們一時尚無法瞭解在全國軍公教人員中，有舍與無舍的人比例各佔多少。不過，如監委們所指出的：「配有眷舍者，不僅居有定所，無房租負擔，更於退休時依法可以繼續使用。未配眷舍者則反是。」

這是大家都瞭解的情況，而且在有無之間，得失區別猶不僅此。目前一般機關之眷舍，既屬公家的財產，則房租地稅，修繕保養，乃至於電話水電費用，往往由公家負擔。如係集體宿舍，又需派員管理。而宿舍設在郊區與辦公處所相距遙遠者，公家的交通車也是必須供應的。這些隨眷舍而同來的方便，無舍者無法享受。所以，監委們所說的「則反是」，其間包括的實質差距，有時候可以大於一個人的薪俸，這種情形與同工同酬的理想自不符合，就是在各機關的主持人看來，也是一個相當棘手的問題。

衣食住行育樂是民生的六大要素，而其中最缺乏「彈性」的一個可能就是住。其他五件事大家可以依據自己的情況，分別緩急，斟酌損益。唯獨「住」的問題牽涉太多，受薪階級要想憑自己的力量來解決，實在很吃力。

機關眷舍的分配，都有一定的原則，計點計分，大致不外乎職位高下，工作繁簡，年資久暫，人口多寡等幾個因素。在最初分配時，可能是很公平合理的。但是，時日一久，情況大變，職位有變遷，人事有異動，年資久者越來越多，更普遍的一個困難是每一家的人口都在增加。「昔別君未婚，兒女忽成行」，配有眷舍的人感覺房子不够住，亦在情理之中。

當局關懷退休人員的生活，准許繼續住用眷舍，這是很合理的措施。可是，退休人員的人數會逐漸增加，而眷舍不能隨之增加，將來配不到眷舍的人勢必會越來越多。而配不到眷舍的人員，可能正是機關推動工作的新銳。他們的切身利害的確需要政府早爲籌謀解決之道。我個人有一個天眞的想法，我覺得以政府的財力結合軍公敎人員自身的力量，要改善目前現狀是可以做得通的。

六十年一月廿三日

另一個方向

昨天談軍公教眷舍問題，監院總檢討會中提出的解決之道有兩端：一是「亟應寬籌經費，普建眷舍。凡公產營產之在都市價格昂貴者，胥可加緊處理，變價興建郊區眷舍，以資普及。」另一是「在未普配眷舍前，並應依照當地房租實需金額，調整房租津貼，以彌不平，而安軍公教人員生活。」

關於前一點，寬籌經費，普建眷舍，當然是一個遠大的理想，但也正因爲很大，實行起來也就很遠。參考過去幾年間興建國民住宅的情形，就可以瞭解問題不是那麼簡單。

所以，退而求其次，比較合理的辦法是如監委所建議的「調整房租津貼」。當然，更合理的辦法，是將來能够逐漸實施嚴副總統講過的「單一薪俸制」。到那時，不復有所謂眷舍，自然也就沒有有舍與無舍的分別了。

大家都瞭解，政府連年銳意建設，各項開支浩繁，而軍公敎人員人數不少，任何名目的調整，最後都會要加重國庫的負擔。服公職的人尤當有共體時艱的認識。不過，房租津貼如果能做到與「實需金額」相當一致，是有其積極作用的，不僅可以消弭一時的不平之感，而且可以鼓勵受薪階級敢於做「住者有其屋」的打算，加速解決眷舍問題。

所以，我的想法是，政府與其努力於「寬籌經費，普建眷舍」，何不如走另一個方向，那便是逐步做取銷供應眷舍的計劃。配合着房租津貼的調整，劃定一個「截斷期」，從某年某月某日開始，任何軍公敎人員都不應再配眷舍，也就是說不要在已經複雜的問題上增加新的不平。對於已有的眷舍分期處理，對於沒有配到房子的人，用貸款和儲蓄的辦法，鼓勵他去建屋購屋。省府星馬考察團前些日子提出的考察報告，其中有很多値得參考的做法。日韓等國的住宅儲蓄辦法，行之亦相當有效。

也許有人認爲，目前軍公敎人員薪俸無多，何有餘力談這個問題？其實，士各有志，事在人爲。有一位朋友是一個中級公務員，過去十多年來，夫妻刻苦自勵，省吃儉用，他拿定決心要自力完成一所住宅，現在，他已經達到了目的。朋友們對他都很佩服。他說，他雖然住的並非甚麼華堂美廈，但是住在憑自己的血汗與節儉建成的屋頂之下，的確有所謂「有恒產者有恒心」的感覺。可見私人並非絕不可能解決住的問題。當然，政府如果在政策上能朝着消弭不平，並且鼓勵住者有其屋的方向做去，像那位朋友那樣樂於忍受短期之苦，解決半生之憂的人，一定是很多的。

六十年一月廿四日

是否太高了

臺北市政府發表過一項統計，說臺北市民去年平均用於「吃」的費用，佔收入的百分之四十二。有朋友說，我們吃得太多；也有朋友說，可能是因爲國民所得偏低，所以吃這一項佔的百分比就高了。由於市府祇發表這麼一個百分比，令人無法分析。

最近，在一本年鑑上看到美國國民個人消費的統計，這是根據一九六七年的資料統計出來的。其金額的數字與眼前實況必有距離，但其百分比似仍有參考的價值。

這個表中共列十四種主要開支，總的開銷是四千九百廿二億美元。現在我把各項的數目與在總額中的百分比摘引如次：

一、飲食類（包括酒類）：一千零九十四億元，佔總額百分之廿二點三。

二、房屋類：七百零九億元，佔百分之十四點四。
三、家用類：六百九十九億元，佔百分之十四點一。
四、交通類：六百卅五億元，佔百分之十二點九。
五、衣著類（包括珠寶）：五百零七億元，佔百分之十點七。
六、醫藥衞生類：三百卅一億元，佔百分之六點七。
七、娛樂類：三百零六億元，佔百分之六點二。
八、個人事務類：二百五十七億元，佔百分之五點二。
九、烟草類：九十二億元，佔百分之一點九。
十、個人護理類（大概是指養老與託兒等項開支）：八十五億元，佔百分之一點七。
十一、宗教與福利活動類：六十九億元，佔百分之一點四。
十二、民間教育與研究類：七十九億元，佔百分之一點六。
十三、國外旅行及國外滙款類：四十億元，佔百分之零點八。
十四、喪葬類：十九億元，佔百分之零點四。

這十四項分類是否妥當，應由社會學家和經濟學家表示意見。粗粗看來，後面的七類——自第八到第十四，似乎稍嫌瑣細，一共僅佔總開銷的百分之十三。分類多了，反而有亂人耳目之

是否太高了

感。如果予以比較簡明的歸類，從食、衣、住、行、育、樂等民生六大要素來看，可能更爲清楚，就吃而言，則僅略超過五分之一。

中美社會環境不同，我們的國民所得去美國甚遠。以我們的消費與美國人相比，意義不大。然而，就個人觀感所及，中國人吃得似乎太過了一點。單看各大城市餐館林立，嘉賓滿堂的「盛況」，總不免令人有奢侈浪費的印象。古之志士以「臥薪嘗膽」相勉，賢者以「簞食瓢飲」爲高。在一個自由的社會裏，荷包與口腹都是由自己控制的。我們處於戰鬬的時代，縱不能人人做到簞食瓢飲，但亦不應忘了臥薪嘗膽的精神。百分之四十二這比例是否太高了呢？值得大家想想。

六十年三月六日

四海僑心

我回到臺北的那一天，剛好是七虎少年棒球隊大破和歌山那場決戰正在進行之中。一回到家，澡也來不及洗，飯也來不及吃，馬上坐在電視機旁看實況轉播。看到小球員們棒棒得分的鏡頭，興奮得禁不住手舞足蹈起來。

勝利是人人喜歡的。勝利的鏡頭可以使人人感動。我所受的感動還不止是一場球賽的勝利；也許因爲我剛從海外回來，當我看到螢光幕上映現出成千成萬的中國人，在烈日之下，揮舞著青天白日滿地紅的國旗，忘情歡呼的時候，我簡直眼淚都要流下來了。

在那歡聲如潮的人羣中，除了戴著球帽和太陽鏡的彭孟緝大使，我找不到一個熟識的人，但是，我有一種奇妙的感覺，我覺得那些人每一位都是我的老朋友，都是我的弟兄，我們都有同樣的心情，要爲中國人的勝利而鼓舞歡呼。

過去十年間，我曾遊走四方，在美國，在西歐，兩次到東南亞，以及最近一次東北亞的旅行，沒有一個地方不碰到我們的僑胞，從通都大邑到窮鄉僻壤，每一位華僑對於從祖國來的人，都是從心眼兒裏說不盡的親切與歡迎。僑胞的年歲有長幼，學識有深淺，財力有高低，但是，你到處可以發現僑胞講到「我們中國人」時那種引以爲傲的神情。幾千年的文化流注在每一個中國人的血管中，不論天涯海角，這一份親情是不會改變的。

臺灣現在的人口是一千四百多萬，海外華僑的人數有一千八百多萬。這一千八百多萬中國人分布在世界的每一個角落裏，憑自身的刻苦奮鬥，開拓了一片新天地。他們所求於祖國者甚少，而所貢獻於祖國者甚多。這是盡人皆知的事實。

海外僑胞日夜祈求的祇有一件事，那便是祖國的富强進步，早日反攻。在反攻的時機尙未成熟之前，他們希望中國人要爭氣，要出頭，要在每一個不同的戰線上贏得勝利。少年棒球隊勝利的消息，已經傳遍了世界；我們在螢光幕上所看到的人羣，祇不過是全球僑胞的一個抽樣而已。

中國人走到甚麼地方也不會忘記他是炎黃後裔，一個偉大民族的子孫。我們住在國內的人，也應該時時刻刻把那些遠遊異城的弟兄們記在心頭。我們要爭氣，要苦幹，要讓那些以做中國人爲榮的僑胞們，在外國人面前擡得起頭來。我想，這就是我們能够報稱僑胞們愛國盛意的惟一方式。

五九年八月八日

南北合

海外某一大城市，僑胞聚居甚多，相處向來和諧，不幸前些日子僑社中因爲選舉主席和職員的問題，引起了劇烈的爭辯。

那個城市——我想，此處還是姑隱其名的好，各省籍的僑胞都有，僑社的最高組織中華會館向稱健全，根據章程，這個組織的宗旨是「以發揚中國文化爲原則，聯絡僑胞，互助合作，共謀僑民之幸福。」而其組成的原則是，「凡符合本會館宗旨之華人團體，願共同造福僑社者，均得申請入會。」不過入會的條件要經僑民大會董事三分之二的通過。

這次的風波，是因華北同鄉會的選舉權被否決而引起的。該會先已申請入會獲得同意，並繳納了會費和應付的基金，可是，在選擧主席之前，又被董事會議以兩票之差推翻了前議。會場中爭論的情況相當火熾，當地的一家華僑報紙稱之爲「中華會館南北戰爭」，並爲此事寫了很長的社論，說此事是「開中華會館有史以來前所未見之惡例。」該報就地取材，以美國的情況爲喻說，「黑白種族，尙且混和，而同文同種，竟分南北。違背天理、人情、國法，莫此爲甚。」

社論中最沉痛的一段話是：「所不幸者，政府之期望僑胞精誠團結，其困難如斯；敵人之期望僑胞分崩離析，其簡易如斯。親痛仇快，聞者疾首。」我們在國內的人聽到這一類的消息，確乎是不勝「疾首」之至。

今天，臺灣基地人口一千四百餘萬，散布在海外各地的僑胞則有一千八百多萬人。無論海內海外的中國人，都以救中國爲第一志願。消滅共匪，光復大陸，這任務的完成，首要的條件就是靠所有的中國人同心協力，團結奮鬥。我們再不容有任何南北畛域之分。

中國是一個偉大的國家，我們的廣土衆民，世所罕有。但也正因爲地太大，人太多，語言風習，不免有許多不同之處，「北佬不識講唐話」，自亦是事實。但是，生當一個人類可以登陸月球的時代，還分甚麼南北呢？再說，地是不動的，人可是活的。像海外人數最多的龍岡宗親會，劉備、關羽、張飛、趙雲，哪一個不是北方人呢？而現在劉關張趙已經遍布天下。這樣想來，南佬北佬本來都是一家人，何分之有？

前文所說的那個城市，我以前到過。記得飛機場的路標，大餐館裏的菜單都是英日文並列。

其實，當地日本僑民人數絕不及華僑多。日本人何以如此受重視？主要便是因爲他們團結。僑胞們想通了這一點，再不要自劃鴻溝，趕緊「南北合」，大團結吧！

六十年二月廿七日

☮這個符號

前些日子，偶過鬧市，在一家委託商行的橱窗裏看到一個扣花一樣的東西，花式是一個☮。當時使我感到有一點點驚異。

最近，在電視上看到一位「很有美麗」的中國女士，繫著一條寬皮腰帶，腰帶的別子也是一個☮。電視鏡頭一瞬卽過，我不記得那個符號是在甚麼「場合」出現的。不過，我相信，那委託商行的老闆也好，那位女士也好，可能都並不清楚那個符號的來源和含義。

本來，製作這種小裝飾品，西方以法國和西德出名，東方則以日本爲勝場。但是，這個☮式的花式則純粹是美國的產品。

這種符號的出現，大約是在一九六五年以後，首先發明者是誰已不可考；最先出現的地區，據說是西海岸加州大學柏克萊的校園。加大校園也就是左傾「學運」發動得最早也最激烈的地方。

這個符號的含義，十分複雜，反映著這一代某些美國青年憤怒而又沮喪的情緒；而其最主要的一點，是反對越南戰爭，反對一切與戰爭有關的措施，反對以當時的總統詹森為代表的一切上層結構。從一九六八年民主黨在芝加哥開全國代表大會以後，這個符號幾乎成為所有「反戰派」、「新左派」、和民主黨內「反主流派」的共同象徵。

☮這個符號，出現在示威遊行的旗幟上，出現在牆壁和玻璃上，後來更製成徽章——推銷這種徽章成為募捐的手法之一，再後來更進步而用在許多小零件上：男人的袖扣、領夾，女人的耳環、扣花，都有這種花樣。嬉皮裝往往不可少的是拖在脖子裏的一條長項鍊，鍊子頭上也常會綴上一個茶杯口大小的☮。至於皮帶上、手提包上、皮鞋搭扣上，也都曾有出現。到了後一階段，當然是商業氣味多於政治氣味，甚至於紐約、洛杉磯許多觀光飯店的售貨檯上也有這種玩藝兒了。

美國學者勒納(Daniel Lerner)論宣傳，他說，宣傳的主要目的就是要人「改變態度」。態度也者，是發於心，形於外的。佩戴某種符號或標幟，就表示你支持那種符號所代表的意義。但是，在台北出現了☮，不能用那樣的解釋，因為大多數人根本不知道它是甚麼玩藝——圓圈中的那個☮，據說乃是一座毀壞了的十字架，象徵著受「美帝」侵略的越南人民。

這件事本不值大驚小怪；不過，因爲電視的影響力——至少對於仕女們服飾打扮的影響力，甚爲可觀。所以我願在此稍加說明，免得將來滿街都是☮，外面來的旅客或許誤會我們這兒如此熱中於「反戰」，有點兒摸不著頭腦。

六十年十一月十九日

喇嘛與廟

蒙藏委員會委員長郭寄嶠五月六日在立法院邊政委員會報告說，政府已決定在桃園興建一座喇嘛廟，以接待流亡海外的邊疆人士。

喇嘛教盛行於蒙古和西藏，在歷史上有相當長的時期，喇嘛教是邊疆的政教中心，喇嘛廟的重要性，乃不僅限於一種宗教崇拜的場所，而是地方治權的象徵。

不過，在今天的臺灣，政府與其花出相當的財力興建喇嘛廟，毋寧多致力於培養邊疆人才。

光復大陸是我們的國策，在這個總的目標之下，當然包括光復邊疆、重建邊疆在內。邊疆是中華民國血肉相連的一部分，照一般專家的說法，邊疆地方佔我國面積百分之六十，要從頭收拾這廣大的土地，最最需要的乃是通曉邊疆語文與問題的專門人才。

我曾聽到過許多位邊疆問題專家談起，培植繼起的邊政人才，是目前最應該做的事。他們對於當前的情形相當失望。全國各大專院校，祇有國立政治大學設有邊政系。不過，在現行的聯考制度之下，邊政系的學生未必都是立志以開發邊疆爲終身職志的人。四年大學，眞正學到的東西有限；畢業之後，能繼續從事與邊疆有關的工作者更少。卽以蒙古、西藏、新疆三地而言，青年學生能精通其中任何一種語言文字者已經不多。長此以往，繼起無人，又如何不令人憂慮？專門人才之培養，非急切可以爲功，政府當局宜乎有長期的計劃，具體的做法。

對於在校的邊政系學生，國家可以設置公費或奬學金，以鼓勵其專心向學。更重要的是，造就出來的極少數人才，要能够實學實「用」，要使他們有發揮才智，累積經驗的機會，將來才可以成爲建設邊疆的領導人。

自共匪竊據大陸以來，二十多年間，邊疆也經歷了天翻地覆的變化，而且世界已經進步到了登陸月球時代。將來光復邊疆之後，政府恐怕不能完全再採行「靈童轉世」、「金瓶抽籤」的那一套老辦法來維繫邊胞。邊胞的文化、信仰、生活、風習，當然都應尊重，但未來形勢不可能一切復古，喇嘛廟能否仍具有幾十年幾百年之前的號召力，喇嘛廟應否仍成爲邊疆地區的政教中心？都值得深長考慮。

所以，我願大膽地建議：且慢修喇嘛廟，要先培養喇嘛；今日的喇嘛，應當是有專門學識，精通當地語文風習，具有出世精神，幹此不朽事業的邊政人才。

五九年五月十六日

君子之朋

人至中年，交友極難。蓋中年人性型都已固定，不似青少年時代的天眞爛漫，熱情如火。加以近代社會分工日細，隔行如隔山，在不同行業中的人每每養成不同的工作習性，要談也不容易談到一起去。中年人爲生活，爲事業，爲家庭，爲兒女奔忙，遂不免疏忽了朋友一道。相對忘言或從容論道，都是極難得的境界。

那一羣朋友，因偶然機緣相聚朞年。大家食則同席，居則同舍，平素研商天下大事，生民利病，各傾平生所學，掬誠相見，切磋琢磨，教學相長，從「集體智慧」的發揮，進而培養了「金石交期」的友情。回想自步入社會以來，戰亂頻仍，家各一方，雖自己的弟兄手足，亦未嘗相聚如是之久，相知如此之深。

在分別的前夕，鮑亦榮兄與大家談天，說到朋友一倫在人生中的重要性。他是一位虔誠的基督徒，所以引用了聖經中的一段話說：「人爲自己的朋友捨生，比這更大的愛，誰也沒有了。」這段話見於約翰福音第拾伍章第十二節。這是耶蘇自知卽將遇難前數小時，對門徒們諄諄告誡的一段名言。鮑先生說，英國小說家狄更斯便是讀了這段話而深受啓示，乃寫成了他的名著「雙城記」。書中的主角不惜犧牲自我，以成全朋友之義，表現了人與人之間至高無上的友愛。

他又引張曉峯師近在「文藝復興」月刋上發表悼念姚從吾教授文中的一句話：「朋友就是能自動在暗中爲你幫忙的人。」

歐陽修「朋黨論」，斷言小人無朋。他說：「小人所好者利祿也，所貪者貨財也。當其同利之時，暫相黨引以爲朋者，僞也。及其見利而爭先，或利盡而交疏，則反相賊害，雖其兄弟親戚不能相保，故臣謂小人無朋。」至於君子呢，「所守者道義，所行者忠信，所惜者名節。以之修身，則同道而相益。以之事國，則同心而共濟。始終如一，此君子之朋也。」

君子之交淡如水，而其金石交期，無負平生者，是一個「道」字。惟其守道義，行忠信，惜名節，人人以自勉自勵，雖千萬里之外亦可見肝膽。道義可大可久，利祿轉眼雲烟，君子之朋的可貴就在於此。

五九年十月四日

107. 孟武續筆	薩孟武著	散文
108. 德國現代詩選	李魁賢譯	新詩
109. 祝善集	彭歌著	散文
110. 校園裡的椰子樹	鄭清文著	小說
111. 行與言	桂裕著	雜文
112. 吳淞夜渡	孟絲著	小說
113. 仙人掌	胡品清著	散文
114. 理想和現實	毛子水著	論述
115. 班會之死	碧竹著	小說
116. 二涼亭	吳樹廉著	小說
117. 六十自述	鄭通知著	傳記
118. 悲劇的誕生	李長俊譯	哲學
119. 一東稻草	吳怡著	散文
120. 德國詩選	李魁賢譯	新詩
121. 樂於藝	劉其偉著	藝術
122. 烽火夕陽紅	易君左著	回憶錄
123. 哲學與文化	吳經熊著	哲學
124. 危機時代的中西文化	顧翊羣著	文化論集
125. 自然的樂章	盧克彰著	散文
126. 筆之會	彭歌著	散文
127. 現代小說論	周伯乃著	論述
128. 美學與語言	趙天儀著	哲學
129. 一個主婦看美國	林慰君著	散文
130. 蘭苑隨筆	鍾梅音著	散文
131. 異鄉偶書①②	何秀煌 王劍芬著	散文
132. 詩心	黃永武著	文學
133. 近代人和事	吳相湘著	歷史
134. 白萩詩選	白萩著	新詩
135. 哲學三慧	方東美著	哲學
136. 綠窗寄語	謝冰瑩著	書信
137. 淺人淺言	洪炎秋著	散文
138. 危機時代國際貨幣金融論衡	顧翊羣著	經濟
139. 家庭法律問題叢談	董世芳著	法律
140. 書的光華	彭歌著	散文
141. 燈下	葉蟬貞著	散文
142. 民國人和事	吳相湘著	歷史
143. 詞箋	張夢機著	文學
144. 生命的光輝	謝冰瑩著	散文
145. 斯坦貝克攜犬旅行	舒吉譯	遊記
146. 現代文學的播種者	吳詠九著	文學
147. 琴窗詩鈔	陳敏華著	新詩
148. 大衆傳播短簡	石永貴著	論述
149. 那兩顆心	林雪著	散文
150. 三生有幸	吳相湘著	傳記
151. 我及其他	劉枋著	散文
152. 現代詩散論	白萩著	新詩
153. 南海隨筆	梁容若著	散文
154. 論人	張肇祺著	文化哲學
155. 孤軍苦鬪記	毛振翔著	傳記
156. 回春詞	彭歌著	散文
157. 中西社會經濟論衡	顧翊群著	經濟
158. 宗教哲學	錢永祥譯	哲學
159. 反抗者①②	劉俊餘譯	論述
160. 四書五經要旨	盧元駿著	文學

53. 火燒趙家樓	易君左著	回憶錄
54. 拋磚記	水晶著	散文
55. 風樓隨筆	鍾梅音著	散文
56. 那飄去的雲	張秀亞著	小說
57. 七月裡的新年	蕭綠石著	散文
58. 監察制度新發展	陶百川著	政論
59. 雪國	喬遷譯	小說
60. 我在利比亞	王琰如著	遊記
61. 綠色的年代	蕭綠石著	散文
62. 秀俠散文	祝秀俠著	散文
63. 雪地獵熊	段彩華著	小說
64. 弘一大師傳①②③	陳慧劍著	傳記
65. 留俄回憶錄	王覺源著	回憶錄
66. 愛晚亭	謝冰瑩著	小品文
67. 墨趣集	孫如陵著	散文
68. 蘆溝橋號角	易君左著	回憶錄
69. 遊記六篇	左舜生著	遊記
70. 世變建言	曾虛白著	時事論述
71. 藝術與愛情	張秀亞著	小說
72. 沒條理的人①②	譚振球著	哲學
73. 中國文化叢談①②	錢穆著	文化論集
74. 紅紗燈	琦君著	散文
75. 青年的心聲	彭歌著	散文
76. 海濱	華羽著	小說
77. 傻門春秋	幼柏著	散文
78. 春到南天	蕖曼著	散文
79. 默默遙情	趙滋蕃著	短篇小說
80. 屐痕心影	曾虛白著	散文
81. 一樹紫花	葉蘋著	散文
82. 水晶夜	陳慧劍著	散文
83. 胡巡官的一天	金戈著	小說
84. 取者和予者	彭歌著	散文
85. 禪與老莊	吳怡著	哲學
86. 再見！秋水！	畢璞著	小說
87. 迦陵談詩①②	葉嘉瑩著	文學
88. 現代詩的欣賞①②	周伯乃著	文學
89. 兩張漫畫的啓示	耕心著	散文
90. 語小集	蕭冰著	散文
91. 社會調查與社會工作	龍冠海著	社會學
92. 勝利與還都	易君左著	回憶錄
93. 文學與藝術	趙滋蕃著	散文
94. 暢銷書	彭歌著	散文
95. 三國人物與故事	倪世槐著	歷史故事
96. 籠中讀秒	姚葳著	散文
97. 思想方法	秀河著	時評
98. 腓力浦的孩子	武陵溪著	傳記
99. 從香檳來的①②	彭歌著	小說
100. 從根救起	陳立夫著	論文
101. 文學欣賞的新途徑	李辰冬著	文學
102. 象形文字	陳冠學編著	文字學
103. 六甲之冬	沙岡著	小說
104. 歐氛隨侍記①②	王長寶著	日記
105. 西洋美術史①②	徐代德譯	藝術
106. 生命的學問	牟宗三著	哲學